蔡澜说美食

学会浅尝

蔡澜 著

北京时代华文书局

图书在版编目（CIP）数据

蔡澜说美食：学会浅尝二字/（新加坡）蔡澜著.北京：北京时代华文书局，2025.1. -- ISBN 978-7-5699-5562-0

Ⅰ.I339.65

中国国家版本馆CIP数据核字第2024GN9747号

北京市版权局著作权合同登记号 图字：01-2024-3243

Cai Lan Shuo Meishi：Xuehui Qianchang Er Zi

出 版 人：陈　涛
责任编辑：石　雯
执行编辑：徐小凤
营销编辑：俞嘉慧　赵莲溪
装帧设计：小要设计
内文插图：苏美璐
内文设计：王艾迪
责任印制：刘　银

出版发行：北京时代华文书局 http://www.bjsdsj.com.cn
　　　　　北京市东城区安定门外大街138号皇城国际大厦A座8层
　　　　　邮编：100011　电话：010-64263661　64261528

印　　刷：河北环京美印刷有限公司	
开　　本：880 mm×1230 mm　1/32	成品尺寸：140 mm×210 mm
印　　张：7.5	字　　数：158千字
版　　次：2025年1月第1版	印　　次：2025年1月第1次印刷
定　　价：49.90元	

版权所有，侵权必究
本书如有印刷、装订等质量问题，本社负责调换，电话：010-64267955。

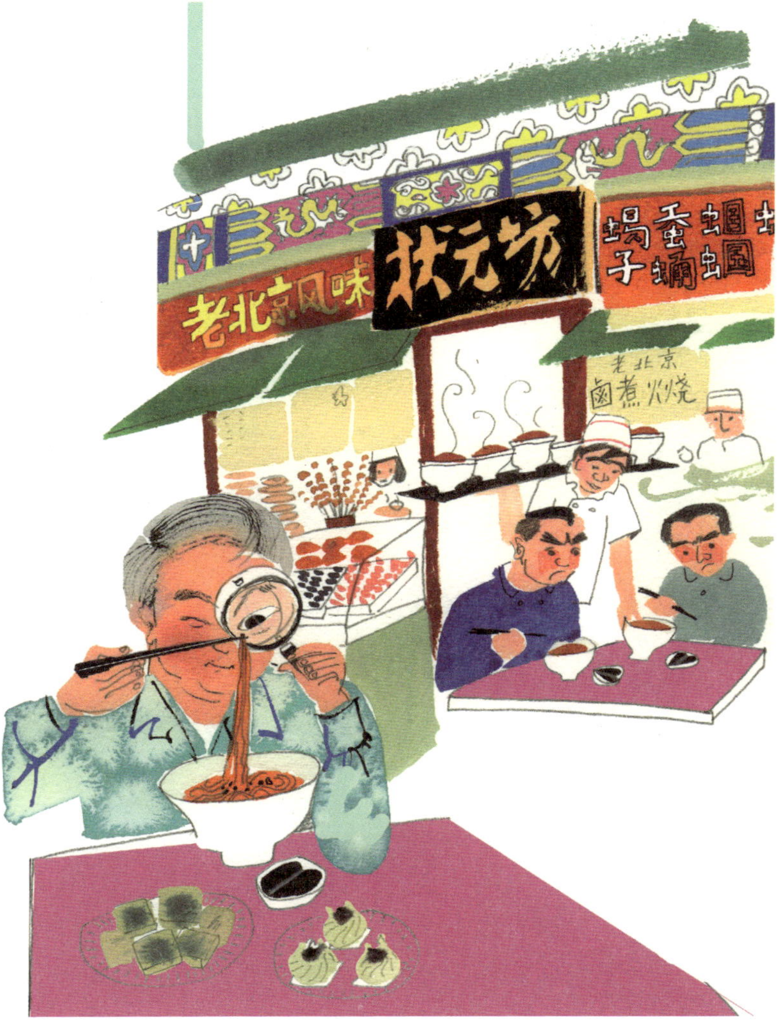

老北京风味
状元坊
蝎子 蚕蛹 蝈蝈
老北京
卤煮火烧

軟酸濃膩
肥
淡
辣鬆酸鮮
甜脆清爽滑

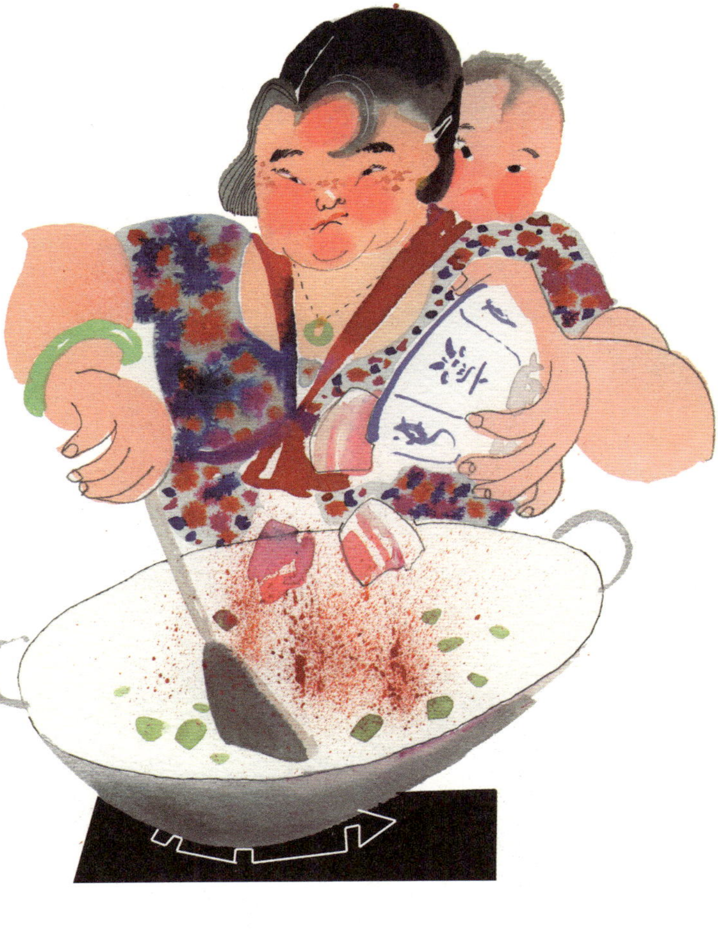

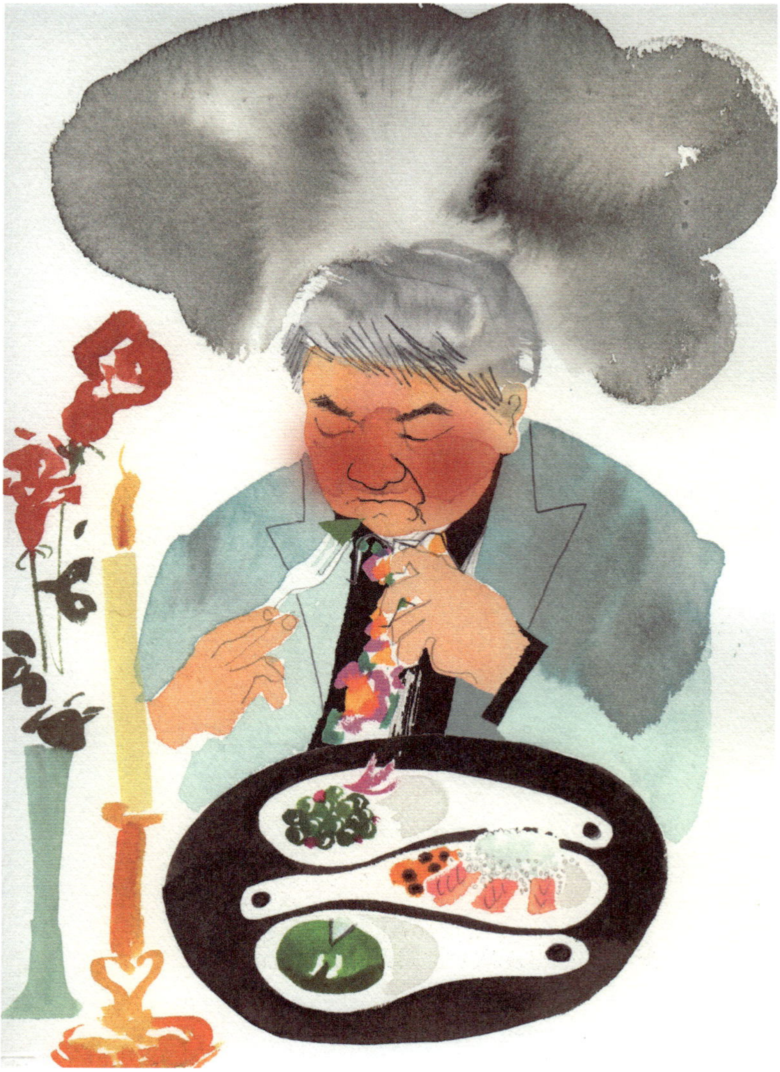

我喜歡的蔬菜

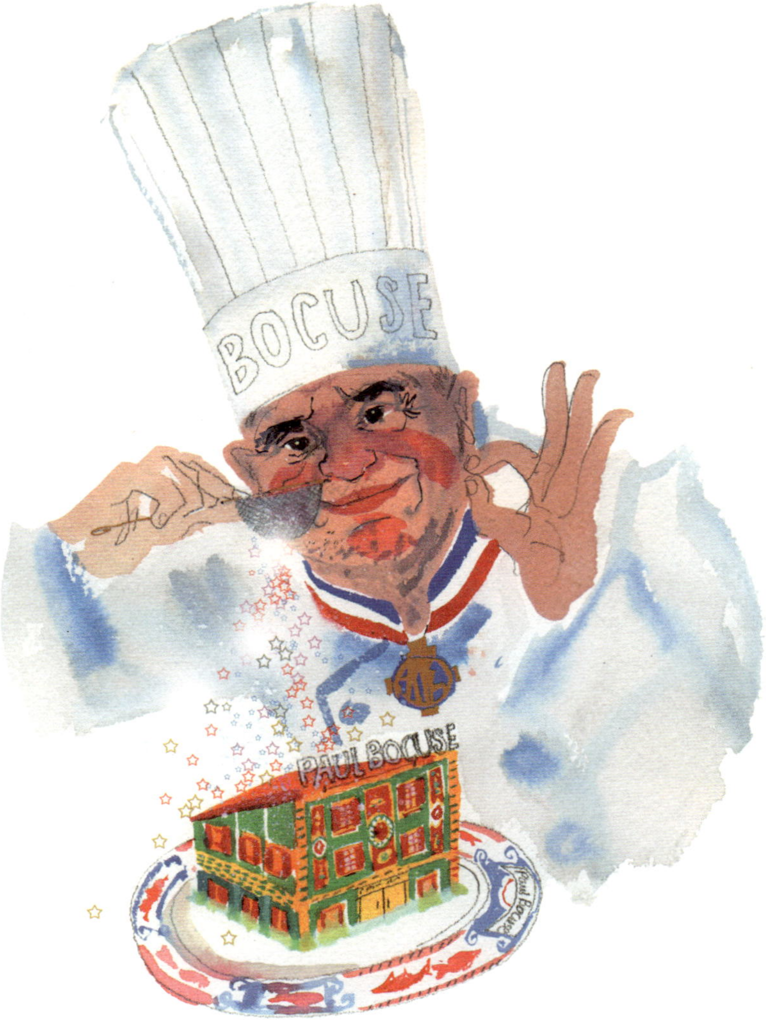
BOCUSE
PAUL BOCUSE
Paul Bocuse

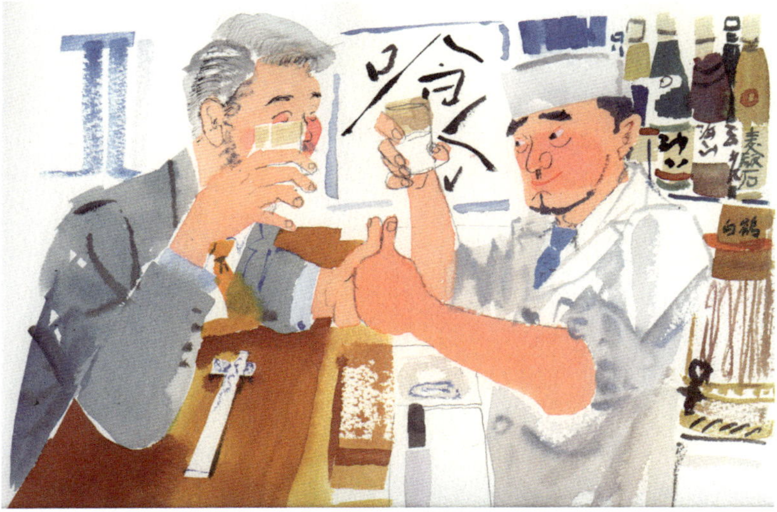

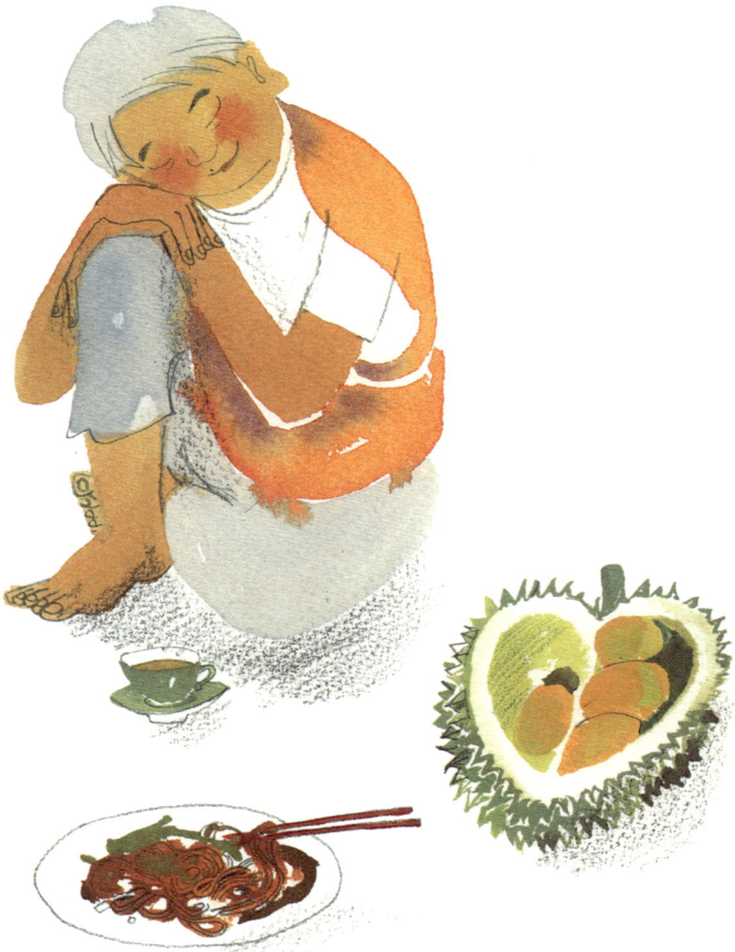

關於青酒的二三事

本书选配艺术家苏美璐若干插画，插画中的文字为手写体，保持原样印刷，真实反映原貌。若有与当下文字使用习惯不合者，亦不做调整。特此说明。

目 录

序·蔡澜是一个真正潇洒的人　I
代序·吃少一点，吃好一点：学会浅尝二字　IV

第一章　学会浅尝二字，追求『究极』二字

追求"究极"二字　002
大决斗　006
一休庵　010
南禅寺　011
黑泽明的餐桌　013
通会之际，皆为"真"　017
技艺心　019
我们都是有些丈夫气的　023
孤僻　028
清福　032
好吃，是一个长久诱惑　034
不惜工本求完美　038
诚　042
旬　044
不变　046

第二章 日本料理极具观赏性，讲究平静、优雅、平和

日本人的一日三餐　050

关于清酒的二三事　053

关于日本茶的二三事　057

关于鱼——留学时吃的鱼生　061

日本料理的最高境界，是天妇罗　066

镰仓　070

小樽鱼市　072

函馆朝市　074

寿司礼仪　076

正统的寿司　080

万国屋　084

最上川　088

神户飞苑　091

大渔河豚　095

鳗鱼屋野田岩　099

鱼中香妃　104

乌鱼子　108

牛丼　111

极品番薯：做点有生命力的东西　113

山葵　115

莼菜　117

松茸　119

第三章

尽量地学习和经历，尽量地吃好东西，人生就比较美好一些

求精 122

有趣 126

吃相 131

当食家的条件 133

蔡澜的喝茶方式 137

访问自己·关于水果 140

访问自己·关于健康 144

最有营养的食物一百种 148

怀念吃盒饭的日子 152

外卖经 156

忆故友 160

儿时小吃 164

吃的情趣 168

吃的情感 172

说不完的美食 176

口味的转变 180

近来吃些什么 184

跋·以"真"为生命真谛，只求心中真喜欢 188

附录

人生真好玩儿　200

我们都是对生活好奇的人　203

人生的意义无非就是吃吃喝喝　210

序·蔡澜是一个真正潇洒的人

除了我妻子林乐怡之外,蔡澜兄是我一生中结伴同游、行过最长旅途的人。他和我一起去过日本许多次,每一次都去不同的地方,去不同的旅舍和食肆;我们结伴同游欧洲,从意大利北部直到巴黎,同游澳大利亚、新加坡、马来西亚、泰国之余,再去北美,从温哥华到三藩市(旧金山),再到拉斯维加斯,然后又去日本。最近又一起去了杭州。我们共同经历了漫长的旅途,因为我们互相享受做伴的乐趣,一起去享受旅途中所遭遇的喜乐或不快。

蔡澜是一个真正潇洒的人。率真潇洒而能以轻松活泼的心态对待人生,尤其是对人生中的失落或不愉快的遭遇处之泰然,若无其事,不但外表如此,而且是真正的不萦于怀,一笑置之。"置之"不太容易,要加上"一笑",那是更加不容易了。他不抱怨食物不可口,不抱怨汽车太颠簸。他教我怎样喝最低劣、辛辣的意大利土酒,怎样在新加坡大排档中吸牛骨髓，我会皱起眉头，他却始终开怀大笑，所以他肯定比我潇洒得多。

我小时候读《世说新语》，对其中所记魏晋名流的潇洒言行不由得暗暗佩服，后来才感到他们矫揉造作。几年前用功细读魏晋正史，方知何曾、王衍、王戎、潘岳等等这大批风流名士、乌衣子弟，其实猥琐龌龊得很，政治生涯和实际生活之卑鄙下流，与他们的漂亮谈吐适成对照。我现在年纪大了，世事经历多了，各种各样的人物也见得多了，是真的潇洒，还是硬扮漂亮，一见即知。我喜欢和蔡澜交友交往，不仅仅是由于他学识渊博、多才多艺，和我友谊深厚，更由于他一贯的潇洒自若。好像令狐冲、段誉、郭靖、乔峰，四个都是好人，然而我更喜欢和令狐冲大哥、段公子做朋友。

蔡澜见识广博，懂得很多，人情通达而善于为人着想，琴棋书画、酒色财气、吃喝玩乐、文学电影，什么都懂。他不弹古琴、不下围棋、不作画、不嫖、不赌，但人生中各种玩意儿都懂其门道，于电影、诗词、书法、金石、饮食之道，更可说是第一流的通达。他女友不少，但皆接之以礼，不逾友道；男友更多，三教九流，不拘一格。他说黄色笑话更是绝顶卓越，听来只觉其十分可笑而毫不猥亵，那也是很高明的艺术了。

过去，和他一起相对喝威士忌、抽香烟谈天，是生活中一大乐趣。自从我心脏病发之后，香烟不能抽了，烈酒也不能饮了，然而每逢宴席，仍喜欢坐在他旁边。一来习惯了；二来可以互相悄声说些席上旁人不中听的话,共引以为乐;三来可以闻到一些他所吸的香烟余气,稍过烟瘾。

蔡澜交友虽广,但不识他的人毕竟还是很多,如果读了我这篇短文心生仰慕,想享受一下听他谈话之乐,又未必有机会坐在他身旁饮酒,那么读几本他写的随笔,所得也相差无几。

金庸

代序·吃少一点，吃好一点：学会浅尝二字

问：你一看，就知道一道菜好不好吃？

答：有些菜是可以的。

问：比方说？

答：比方说，上了一碟鸡蛋炒虾仁，那些虾，已经被冷冻得变成半透明状，怎么会好吃呢？

问：那你就不举筷了？

答：也不是，朋友请客的话，我会夹鸡蛋来吃，鸡蛋是无罪的。

问：我很想问一个许多人都想问的问题：怎么能成为一个像你一样的美食家？

答：美食家我不敢当，我只是一个喜欢吃的人，问我怎么成为什么什么家，不如问我怎么求进步。我的答案总是努力、努

力、努力，没有一件事是不努力就可以得来的，努力过后就有代价，用这些代价去把生活素质提高，活得比昨天更好，希望明天比今天更精彩。

问：说得容易，做起来会很难吧？
答：不开始，怎么知道难不难？

问：我们为了努力工作，对吃喝怎么会有要求？所以只有到快餐店去解决了。
答：早一个小时起床，自己煎个蛋，或者煮一碗面，也不是太难，做个自己喜欢的便当，也能吃得好，这就是所谓的努力了。

问：我发现你原来是吃得不多的，你的许多朋友也说：蔡澜这个人不吃东西。这是不是因为你已经吃厌了，人也老了？
答：老不是一种罪，我承认我是老了。有一天，你也会经历这个阶段。至于是不是吃厌，好的东西怎么会吃厌呢？当今好的东西少了，我就少吃一点。

问：照样很多呀，有瓜果蔬菜，有猪肉鸡肉，有石斑也有苏眉，怎么说少了呢？
答：有其形，无其味，你们吃的鱼多数是养殖的，肉类的脂肪也愈减愈少，蔬菜更是经基因改造，弄得没有味道。人类因为贪

V

婪，拼命促生，有些还加了很多农药，又由于养殖物失去颜色，加苏丹红等色素，不好吃不要紧，吃出毛病来可不是开玩笑的。

问：那食物，你也只选好的来吃？
答：鲍参肚翅，我一看到就逃之夭夭，人家请客，我最多淋点蒸鱼汁在白米饭上，拿来就酒。

问：去的都是高级餐厅吗？
答：我一个礼拜写一篇评价餐厅的文字，不能只吃高级的，那会与读者有距离感，我什么食肆都去，只要是能引起我食欲的。

问：什么东西才能引起你的食欲？
答：没有吃过的。我的好奇心很重。

问：有什么东西，是百食不厌的？
答：妈妈做的菜，家乡的味道，怀旧的味道。

问：这世界上你没吃过的，不多吧？
答：错。太多了，再活三世，也吃不完。

问：那——那我们要怎么样才好？
答：一切浅尝。

问：浅尝？

答：是，这是一种很深奥的学问，美食当前，叫你不再去碰是不容易的，我自己也忍不了，要学会浅尝不容易。

问：那要怎么开始？

答：从要吃就吃最好的开始。别贪便宜，有野生的，贵一点也得买，吃过野生的，就知道滋味有多好，再也回不了头去吃养殖的了。

问：那和浅尝有什么关系？

答：你们这个年代，就算有钱，能吃到野生东西的机会也不多，那么就别贪心，吃几小口就放弃，看到做的鱼，只用它的汤汁来浇白米饭，也是一种美食。

问：白米饭吃了不会发胖吗？

答：胡说，现在的人哪会吃太多的饭？你们发胖，是因为你们喜欢吃垃圾食物，而垃圾食物多数是煎炸的，煎炸的东西吃多了，才会发胖！

问：煎炸的东西很香，你不喜欢吃吗？

答：我也喜欢，不过我喜欢吃好的。

问：煎炸也分好坏吗？

答：当然，包裹着食材的那层粉那么厚，吸满了油，我一看到就觉得恐怖。好的天妇罗，炸后放在纸上，最多只有一两滴油。你吃过了好的，就不会去尝坏的了。

问：我们哪有条件天天去吃高级天妇罗？

答：把钱省下，吃一次好的，这么一来，至少你不会天天想吃肯德基。同样的道理，你吃过一顿好的寿司，就不会想去试回转的寿司了。

问：道理我知道，但是我还在发育阶段，你叫我怎么不吃一个饱呢？

答：那我宁愿你吃几串鱼蛋、一碟炒饭、一碗拉面，每一种都浅尝，好过一种东西把你的胃塞得满满的。对感情，我不鼓励花心；但对食物，绝对要花心！

问：这话怎么说？

答：比如吃鱼，如果有孔雀石绿[①]，那么少吃一点也不要紧，

[①] 一种人工合成的有机化合物，可做染料，也可做杀真菌、细菌、寄生虫的药物，有毒，长期超量使用可致癌。

吃太多，毛病就来了。吃火锅有地沟油，那么吃少一点，再来杯茶解解，也没事。

问：你的意思是什么都可以吃，但是什么都少吃一点？

答：对，要保持好奇心。中国菜吃了，吃日本菜，吃韩国菜，吃泰国菜，吃越南菜，吃西餐，吃什么都好。什么都不必狂吞，多吃几样。

问：什么都只吃一点点，半夜不会饿吗？

答：回到家里再吃点方便面，或在冷饭中浇上一点菜汁，填饱肚子才能睡得着。

问：我们都以为你食量很大。

答：这是大家随意给的印象。像遇到我的人，有的人说，你胖了；有的人说，你瘦了。其实我这二十多年来一直保持着七十五公斤的体重。不然的话，我得去买新衣服，那会很贵。身材不变的话，就算一年买一件新的，不跟流行，累积下来也有一整柜。

问：不喜欢的食物呢？像芝士，我就从来不碰。

答：也要逼自己去吃，试过了，你才有资格说喜欢或者不喜欢，从来不碰，就是无知。年轻人求的是知识，你怎么可以连这一点都不懂？芝士很臭，但是可以从不臭的卡夫芝士开始，蘸点糖，甜甜的，好像吃蛋糕，慢慢地你就会发现卡夫芝士满足不了你了，因为这是牛奶做的；当你想要更浓郁的味道时，你就会去吃羊奶的了。到时，这个芝士的味觉世界，就被你打开了。

问：吃榴梿也是同一个道理？
答：对。把榴梿放在冰格上冻硬，拿下来用刀切一小片，当雪糕吃，当你接受了，泰国榴梿满足不了你，你便会去追求马来西亚的猫山王了。

问：道理我明白，但是有些人也只爱吃麦当劳，只喜欢吃肯德基，那怎么办？
答：那只有祝福你了。

问：对着一些我爱吃的东西，总得吃个饱，怎么做到"浅尝"呢？
答：我知道，有些东西在这个阶段是很难入脑的，我现在唠唠叨叨地对你说，也不希望你会了解，我只是在你脑中种下一颗种子罢了。有一句话你要记得：今天要吃得比昨天好，明天要比今天更精彩。到时，你就会发现，一切食物，浅尝一下，就够了。

第一章

学会浅尝二字，追求『究极』二字

追求"究极"二字

神户牛肉餐厅的老板蕨野,对食物要求尽善尽美,连选木炭前也要自己去窑里体验木炭的烧制过程,烧得连眉毛都焦掉。和他做了好朋友,我深信他的品位,去偏僻的乡下一定拉着他探路。

"那么你得到婆娑罗去。"蕨野说。

我在大阪下机后,蕨野来迎接,一路向神户走,过了世界最长的吊桥鸣门桥,抵陆路岛,再过两小时的车程,到达目的地德岛。

"婆娑罗?"我说,"名字真怪,是什么?"

"是一家很独特的餐厅,在日本也算数一数二。"

经过优美的小庭院,踏入餐厅,有一长柜,可坐八个人,柜后有一幅像综艺合体宽银幕的"画",是活生生的树木。透过玻璃窗望向外面的花园,玻璃窗的左端开了一个小缝,让一棵寒梅长了进来,给客人的错觉是没有东西隔着的,设计得极花心思。

略为肥胖的主人小山裕久走出来亲自招呼我们,他对蕨野有一份互相的尊敬。和我们寒暄数句后,他走进厨房准备材料。

蕨野指着柜台后的那两块很厚的木板说:"这叫火木,在上面切鱼,绝对不磨损,也不会沾上不同种类的海鲜的味道。这种火木现在已经很难买到,一百万日元一块吧。"

先上桌的是日本人称为"鯛"的红鱲。一鱼三味:刺身、烧烤和煮鱼头。

"嗯,淡味。"我吃进口后说。

小山笑了:"对,调味品不咸、不甜,主要用来发挥鱼的味道,我就直接叫这种烹调法为'淡淡'。"

鱼多数已经是人工养殖,天然的少之又少。上次去罗浮山吃过一尾天然的黄脚鱲,鲜甜得不能用文字形容。这尾日本红鱲,味道比黄脚鱲还好吃。

"一般的所谓烹调,一定拼命加调味料,我做了几十年厨子才发现,原来调味愈简单,愈能把食材的味道煮出来。让客人吃到原汁原味的东西,才叫料理。当然,也不是全部活生生拿出来吃,我们加热来处理时,尽量适可而止。"小山说。

"等到夏天,你来吃他们的烧鳗鱼,和别的地方完全不同。"蕨野告诉我。

"又是怎么一个做法?"我问。

小山说:"日本人的蒲烧,是把鳗鱼煮熟了才去烤的。一煮,鳗鱼汁已经失去,我们是原汁烧的。"

"那肉不硬吗?"我又问。

小山笑而不语,蕨野说:"这就叫功夫了。"

"功夫也会害死人的。"小山说,"我几十年来一直追求食材怎么做才更好吃,同种方法和酱料尝试后又尝试,总是碰壁。"

"客人不满意吗?"我问。

"客人只说好吃,没有其他反应。"小山说,"我又去研究油盐酱醋,追求'究极'这两个字,结果发觉把'自我'都抹杀掉了。烧菜的人都想把自己的那一套用自己的个性表现出来,犯的错误最大。客人像一面镜子,我们都想看到自己的影子照得漂亮,忘记了什么是原味,忘记了什么叫作真。"

"那么最古老的那一套烹调法,就是最真的啦?"

"不。"小山说,"我学师时,有些所谓'黄金分量'的教条,像天妇罗蘸的酱,是上汤三分之一、米醋三分之一、酱油三分之一的配合,不能改动。换句话说,师傅教你怎么煮你就怎么煮,那就没进步。我教后辈时,向他们说,'黄金分量'是可以打破的,各种三分之一也可以变成五分之一,加点清酒,加点海带汁。或者可以变成六比一、十一比一,能够显得出材料原味的话,什么方法都能采取。"

"他还开料理学校。"蕨野说。

我一听到料理学校,大有兴趣,只知道日本出名的那几家,不知道在这种乡下地方也有料理学校。

"要学多久?"我问,"日本大师傅的训练,传说是几十年的。"

"一年就够了。"小山说,"一年之内便知道自己做得了做不了。也有很多本身已经是大师傅的人来我们这里短期进修。"

请小山的助理拿学校表格给我们看,学费是全年一百一十八万日元,学校还有宿舍可住,学历只要高中毕业就可以,当然也要懂得日语,除了日本料理,还有中国菜和法国菜的课程。

"一年之中,他们主要学的是怎么把春夏秋冬的材料搞熟。有了基本训练,其他让他们自由发挥,能不能成为大师傅,是造化。"小山说。

"怎么不在东京或大阪开,为什么要在乡下开?"这是我最想知道的。

小山笑着说:"在德岛可以找到最新鲜的材料,与其把材料搬到大城市,不如把学生搬到这里来。"

大决斗

大决斗

代表日本料理的菜,其实并不用"料理",只是将生鱼切成一片一片的端上桌。

对日本人来说,吃寿司也是极为奢侈的,因为每一件都是"时价",到不熟悉的店,随时像鱼一样被斩成数块。

寿司绝对是要坐在柜台前吃才过瘾,眼看玻璃长柜,选新鲜的、合自己胃口的东西吃。

切生鱼的人叫"板前样",外号"快刀二郎",客人的"生死",掌握在他手中,算账没有一定的规格,全凭他的喜怒哀乐。通常是叫埋单的时候,他的庖丁尖刀在砧板上轻轻划几下,叫出个夸大的价目,要是他看你不顺眼,用刀大力地割,就变成天文数字了。

当然,你可以说:老子有钱,无所谓。不过这种待刨的态度太消极，我们一定要将二郎打倒才爽快。从门口走入，直闯柜台。忽然背景昏暗，雷电大作，抛起巨浪，快刀二郎的眼中闪出凶光，我们面对着他，眼看就是一场生死的大决斗……

握撮二招

快刀二郎一见客人，即刻先下马威，大喝道："欢迎光临！"抵挡这阵势的最佳招数是"嗯"的一声，略点头，从容坐下。

接着由我们出拳：指着鸡蛋块，叫"撮"（tsumami）。寿司的做法不外两种：一种只是切片，用手抓来下酒，便叫"撮"；另一种是肉片下加了饭团，叫"握"（nigiri）。这是基本招，一定要学会发音。

鸡蛋块是寿司铺中最难做的一道菜，用微火煎熟蛋，一层层地贴上紫菜，不能太硬也不能太软，更忌过甜和过咸。鸡蛋块可当前菜亦可当甜品，通常是老师傅亲自教导的"武器"。

经你这么一叫，快刀二郎的反应若是亲切地笑，微声地"嗨"，那么你知道他在说你是内行，已胜了一招。要是他面无表情，粗声"嗨"的话，他心中必定是在说："这家伙，竟然考起我来了！"对付他的方法是只把鸡蛋块咬三分之二口便放下，沉住气，等待迎接快刀二郎即将反击的"毒招"。

金枪

不管你多么喜欢吃寿司店中较高级的食品，如鲍鱼和云丹等，你一定得先尝一客（点餐时常用的量词）"金枪"（maguro），它是最普通的生鱼片，客人以此为基石。

快刀二郎可逮到机会了，他拿出一大块金枪鱼，切那黔黑的次等部分回敬你一记。我们也只好吃下这一棍，但即叫甜酸姜片来涮口，表示反抗。"姜"日语叫"shiyoga"，却千万不能直言，而须用寿司秘籍的口诀"我利"（gari）。到了这个阶段，快刀二郎已经知道你的段数不低，不敢再出阴招。

这时我们便将一套精练的拳法耍出，让他眼花缭乱。八爪鱼是"tako"，但鱿鱼须不能这样叫，应该叫"geso"；活虾跳跃不停，不叫虾，叫"踊"（odori）；嫌鲍鱼太硬，最佳部分是它的肠，叫"wata"，这绿油油的东西很少人敢生吃，不过下喉后你会感觉它美味无比，所以必须放胆尝试。

快刀二郎想不到你会走险招，等他没有防备时，你得使出撒手锏。

降魔

吃寿司的过程中，酱油是决定性因素，不过一说酱油便露出马脚。最适合鱼生的酱油是壶底的"溜"，浓厚香甜，颜色暗中清澈，日语为"murasaki"（紫）。

道行不深的日本人，总是将绿芥末"山葵"（wasabi）混入酱油，弄得浑浊，颜色纠缠不清，真是大煞风景。

以小撮绿芥末摆在鱼片上，然后只把鱼的部分浸入酱油入口，碟中酱油还是那么清透可喜，舌尖能将肉、酱油和绿芥末的味道有层次地分辨出来，才是最高的境界。

快刀二郎必能欣赏，有时连他自己也说不出道理。你可以经过翻译者或以笔谈告诉他，谷崎润一郎在他的《阴翳礼赞》那篇文章中强调酱油的美感，这时一定能令他心服口服。追击地奉送他一瓶清酒，把那剩余的三分之一的鸡蛋块吃下，点头赞许。最后算账叫"御爱想"（oaiso）。快刀二郎弃甲投降，给你一个物有所值的价钱，大喝："有難う！"（谢谢）深深鞠躬，目送你咬着牙签走出门口。

一休庵

在京都南山城之田边,有一座寺庙叫"一休庵",这便是动画片中"一休小和尚"的原型——一休僧晚年隐居之处。

殿上供养了一休禅师的木像。夕阳透过窗纸照入,以黄金沐浴佛像全身,更显得美丽和庄严。传说佛像上的眉毛,是一休禅师遗留下来的。

这时庙里的和尚相迎,以茶款待。本来习惯饮茶的时候是佐以豆沙等甜品,但这里却让参禅者吃寺中出名的纳豆。

纳豆是日本食品中最纯朴的一种,做法是将黄豆蒸熟,然后用稻草包起来,豆被枯草菌腐化,形成黏黏的外层,夹起来吃时有白丝相连,味道极怪,不是日本人吃不上瘾。

一面饮茶吃豆,一面看着以枯石堆砌的庭院,再从矮墙上望出,远处见比叡山和爱宕峰上的杉树。附近田园的蛙声传来,知道已经是梅雨季节。

豆那么细小,一颗颗吃,爱惜每一粒的滋味,也爱惜了人生中的一切细节。

南禅寺

大雪中的京都,这个到处都是寺庙的古城,被一片白色笼罩着庙顶和大地,又是另外一种感觉。

南禅寺离市中心不远。大门有三重,庄严、宽大,院中有"枯山水"庭园设计。它并不像一般寺庙那么有香火气息,平平静静的,朝拜者不多。

我和朋友三人一块儿到访,主要不是去参禅,而是去尝这座寺里出名的"奥丹"汤豆腐。

和尚招呼我们到一个小亭中,除了四根柱子没有任何东西挡风,大雪纷飞,我们扫开小椅上的积雪坐下。

接着和尚拿了四瓶烫热的清酒给我们,各人连饮数杯,敬回和尚,他也是海量。

我们问:"和尚也可以喝酒吗?"

他答道:"美好的东西,佛也应该尝之。"

看他在寒冷中只穿一件单衣,不喝醉脸已通红。他的身体异常健壮,似有武功,对白幽默,有如武侠小说中的人物。

汤豆腐装在一个大砂锅中，下面生炭火，热烘烘地被端上桌。往锅中一看，锅底铺着一大块日本人叫"昆布"的海带。

整锅汤的味道就是出自这片海带，上面滚着雪白的豆腐，单单这两样，其他什么作料也没有。

这么清淡的东西怎么吃得下？正在这样想的时候，豆腐的香味已喷出，一阵阵地直冲入鼻。我们正要举筷，和尚说再过一会儿才入味，只好耐心等待。

日本人说京都是从水中生出来的，原来京都这地方在太古时代是由湖底隆起的沙土堆积而成，它的湖和川的水极清，酿出来的酒香甜。

我们喝的是伏见川的酒，猛饮后不知不觉中醉意袭来。

汤豆腐已经可以吃了，用一根削尖的竹管往小方块豆腐上一插，提起来蘸了淡酱油入口。

正如墨有五色，这豆腐也有五种不同的味道，给人留下无穷的回忆。

雪已渐小，天气转暖，地上积雪慢慢融解，即刻结成薄冰。夕阳反射，小道变成一条黄金带子，我们相扶起身，一路高歌。和尚在寺门口微笑送客，一片禅味。

黑泽明的餐桌

黑泽明的电影,很适合外国人看,将其电影改编为西洋片的有《罗生门》和《七武士》等,后者的大侠擒奸扶弱题材,更成为电影电视剧本的主要套路,变换出数不尽的片子、片集。

外国人改他的东西,他改外国人的戏。《蜘蛛巢城》就是来自莎士比亚的《麦克白》。片中有一场用箭射死男主角的戏,他叫了全国的神箭手到片场,射出真家伙。三船敏郎虽然穿着防身甲,但脸部不能遮掩,把他吓得流尿,可见导演对戏的要求之高,拍出来果然有魄力。工作人员叫他作"天皇"。

不过,日本人似乎不太欣赏黑泽明,可能是他的国际味道重。当年在日本,逢纯日本化的巨匠沟口健二去世,读《朝日新闻》,有一段"黑泽明死了,我们还有第二个,失去沟口,再也找不回来"的报道,黑泽明听了该多伤心。

黑泽明常淡淡地说:"我并非什么完美主义者,只想拍对得起观众的电影。"

《恶汉甜梦》的男主角很像哈姆雷特,他是一个有野心的青年，为了报父仇，不惜与敌人的大企业家为伍，并娶了他跛脚的女儿，借此势力，他将仇人一个个消灭。他的唯一缺点是对妻子发生了真正的感情，正当他要杀死企业家的时候，他的妻子为了救父而出卖了他，结果他自己死在企业家手中。孤零零的老婆，不但是脚部残废，连内心也残废了。

在片中，恶人得到最后的胜利，好人的死亡是因为他还对人类有感情、有爱。黑泽明的艺术造就便是动人地把这反面的悲剧概念告诉观众。不过，这太难于被一般人接受，他只有用娱乐性丰富的手法和技巧去推销。

最近重看黑泽明在四十年前导演的《用心捧》和《椿三十郎》，每件小道具都能细嚼欣赏，打斗场面又那么精彩，艺术性和商业性竟然能够如此糅合，实在令人佩服。若对黑泽明的生平想知道更多，在一本叫SARAI的双周刊中有一篇讲他的饮食习惯的，值得一读。

黑泽明的餐桌，像他的战争场面一样，非常壮观，他什么都吃。他自认为不是美食家，而是个大食汉。与其人家叫他美食家，他说不如称他为"健啖者"。

导演《椿三十郎》时，他在外景地拍了一张黑白照片——休息时啃饭团。这饭团是他自己做的，把饭捏圆后炸了淋点酱油，加几片萝卜泡菜，是他的典型中餐。

黑泽明是"一日四食主义者"，过了八十岁，他还说："早餐，是身体的营养；夜宵，是精神上的营养。"

黑泽明有牛油瘾，麦片中也加牛油。其他的瘾有：蔬菜汁瘾和加奶咖啡瘾。

黑泽明不喜欢吃蔬菜，说怎么咬都咬不烂，要家人用搅拌机把胡萝卜、芹菜、高丽菜等打成汁才肯喝。

黑泽明喜欢吃牛肉，是出了名的。传说中，整组工作人员都有牛肉吃，每天的牛肉费用要一百万日元，黑泽明爱吃淌着血的牛肉，而且一天要吃一公斤以上的牛肉。

也不是每天让工作人员吃掉价值一百万日元的肉，不过黑泽明组的确是吃得好。他说过："尽量让大家酒足饭饱，不然怎么有精神拍戏？"

黑泽明时常在家里宴请朋友和同事，每次他都亲自下厨。他不动手时，便指挥老婆和女儿怎么做，像拍戏一样。

"我做烩牛尾最拿手，烩牛舌也不错，薯仔和胡萝卜不切块，整个放进锅里煮，加点儿盐就是。我的煮法，单靠一个'勇'字。"黑泽明说。

亲朋好友回家了，黑泽明一个人看书、绘画、写作，深夜是他学习的时间，肚子饿了，当然要吃东西，所以"消夜是精神的营养"，这句话由此得来。吃东西时他不吵醒家人，自己进厨房炮制炒饭、炸饭团、茶泡饭等。最爱吃的还是咸肉三明治，用犹太人的咸肉，一片又一片叠起来，加生菜和芝士，厚得像一本字典，夹着多士（吐司）吃；再喝酒，一生爱的威士忌，黑白牌，但不是普通的，喝该公司最高级的Royal Household。

作曲家池边晋一郎到黑泽明家里，黑泽明问他要喝什么，他回答说："喝啤酒好了。"黑泽明生气地说："喝什么啤酒？啤酒根本不是酒！"

至于在餐厅吃饭，黑泽明喜欢的一家，是京都开了一百多年的山瑞老店"大市"，用个砂锅烧红了，下山瑞和清酒煮，分量不多，一客要两万两千日元，黑泽明每次要吃几锅才过瘾。我也常到这家去，味道的确好得出奇，介绍给了多位友人，都赞美不已。这家店的地址是京都上京区长者町通千本西入六番町。

另一家是在横滨元町的"默林"，刺身非用当天钓到的鱼做不可，烤的一大块牛肉也是绝品，门牌是黑泽明写的，他的葬礼那天，老板还亲自送了一尾鱼到灵前拜祭。

一九九五年，黑泽明跌倒，腰椎折断，但照样吃得多。一九九八年去世，最后那餐吃的是金枪鱼腩、贝柱和海胆刺身、白米饭，当然少不了他最喜欢的牛肉佃煮。

对于鸡蛋，还有些趣事。二十世纪六十年代中，黑泽明还是不太爱吃鸡蛋，但检查身体之后，医生劝他别多吃，他忽然爱吃起来，一天几个，照吃不误。黑泽明说："担心更是身体的毒害；想吃什么，就吃什么，长寿之道也。"

黑泽明活到八十八岁，由此证明他说得没错。

通会之际,皆为"真"

返港后我去了一趟东京,当富士电视台节目《料理的铁人》的评判员,这个烧菜比赛节目已做了六年,只有大型比赛才叫我。

其他评判员有女明星三田佳子、男演员梅宫辰夫、食评家岸朝子,还有大名鼎鼎的前任总理大臣桥本龙太郎。

我对桥本一向印象不太好,觉得他是一名油头粉面的好战派,这次富士请得到他做评判,可以说是天大的面子,大家对他恭恭敬敬,我可不理会那么多,没大没小地和他交谈。

站在休息处,我们两人都抽烟,桥本比我矮好几英寸[1],他抬着头才能跟我面对面。

"你这一头油油腻腻的头发,是不是搽了发蜡?"我问他。

"不是发蜡,只是发乳。"他说。

---

[1] 一英寸为2.54厘米。

"百露护?"我问。桥本点点头。

"有没有染过?那么黑!"

"没有,没有。"桥本说,"我好羡慕你的白发,日本人称为'浪漫银灰'(Romance Grey)。"

"通常爱吃什么菜?"

"呀,"他感叹,"都是冷冷的便当,太忙了。很久没吃到真正的料理,今天借这个机会好好吃一顿。我也算是一个美食家呀。"

"政治家,并不一定是美食家。"我说。

桥本笑了:"你说得对,以后有人问我,我只可以说我是好吃家。"

试菜时,一道又一道,每次问桥本的意见,他都从头赞到尾。

日语中,政治和赞美,都读成"seiji"。

对这种毫无意见的人,我不客气地说:"政治家,真会赞美人。"

桥本听了没生气,笑嘻嘻地说:"我看过你上电视当评判,给的意见都很辛辣。辛辣的话,才是真话。"

马屁拍到底,政客本色。

技艺心

拍食物的摄影师

日本的杂志社肯花钱,为了替我拍几张照片,请了菊地和男前来。

菊地和我是老朋友,他是我佩服的当代摄影师,也是唯一我谈到什么吃的,他都能搭上话的日本人。两颗又大又黑的眼珠,是他的特征。一头长发,用胶圈束在后面。

"你已经不必用这个打扮来向人证明你是个艺术家了吧?"我们的友谊可达到互相开玩笑的地步,我便单刀直入地说他。

菊地还是尴尬地笑了:"别人还没留长发时我已经留了,老习惯改不掉,不是跟风。"

对美食特别有兴趣的他,不仅熟悉运用镜头,还到各地去旅行,找新的东西吃。

"最近去过哪里?"我问。

"西班牙的一家餐厅,替他们出了一本书。"

"是被公认为最好的艾布利吗?"我问。

"不是,我对那些新派菜没兴趣。"他说,"用最高的科技去烹调又怎么样呢?传统技法的基础都没打好。"

"我赞同。"我说,"有没有到中国内地去过?"

"之前去过武夷山,出了一本与茶相关的书,特地带了一本送给你。"

这本书印刷得可真精美,图文并茂。除了武夷茶和安溪茶,他对普洱也有很深的研究。看到内页作者的照片,是菊地站在一棵四五十尺(三尺为一米)的老茶树下拍的。

"这张照片很好,是谁替你拍的?"

"自己拍的。"菊地说,"茶树很高,要到老远才拍得了,我用三脚架,又开了自动拍摄功能之后,向着茶树跑,都来不及,来回跑了几次才拍到,差点要了我的老命。"

关于餐厅和食物的书,菊地出了不少,也到过印度很多次。

关于食物的书销量还可以,其他的并不好卖,菊地说:"我到现在,还是穷光蛋一个!"

摄影师的灵魂

食物人人都会拍,但像菊地拍得那么诱人的,没几个。

他来到中国香港的"镛记",拍招牌菜透明皮蛋时,大胆地用了特写，把皮蛋拍得像两头鲍鱼那么大，半透明部分在反光下发出七彩的光芒，中间的溏心如泉水般涌了出来，令人食欲大增。

拍"创发"的咸菜猪肚汤，更是一大锅热腾腾的，开盖就闻到香味。

别的摄影师，拍的菜永远是冷的，拍不到热气。我曾经问菊地："要怎么拍才有这种效果？"

"其他的人，角度左摆右摆，又爱搬动碟中的菜，以为这样才有一个好构图，菜怎么不冷掉呢？"他反问。

"有时，从厨房拿出来，已经没有热气，要怎么补救？"

"唯有用干冰了。"他说，"准备一个筛子，放干冰上去，淋了水，发烟后放到食物上面，一拿开即刻拍，烟没有那么快溜掉。"

我试过他的办法，真灵。

"但专家们一看，还是知道是假的。摄影师最重要的是做到胸有成竹，知道要些什么，事先打好灯光，等菜一上桌，按快门就是。"

我看到他也用了尼康数码相机，他摇摇头："报纸和杂志都要求摄影师用数码机，没办法，我只有投降放弃菲林。"

"为什么选尼康而不用佳能？"

"我们这种专业的摄影师，还是觉得尼康好。"

"谈到专业，为什么不用哈苏？"

"单单是装在相机后面的电子装置，三千万像素，已要卖到五十多万港币。那么高的像素需要大容量的电脑才能看到，又得去买一台新的电脑。当今只有拍世界级模特时装的所谓顶级大师才有钱去买。我们这种穷家伙，休想。"

"我最想问你的是：传统菲林和数码相机最大的区别是什么？"我说。

菊地回答："数码相机马上看到结果，少了摄影师的灵魂，而摄影师的灵魂，就是那种紧迫感和不安感，这正是用数码相机拍不到的。"

我们都是有些丈夫气的

美食坊举行竞食比赛，参加者有六名，五个来自中国香港，还有一个来自日本东京，是日本的大胃王，叫小林尊。

这个人二十七岁，不是个胖子，样子还不丑，头发染成金色，眉毛剃得尖尖的，像一个偶像歌手，还带着经纪人兼保姆上阵。

比赛之前，我们坐下来闲聊："能吃那么多，天生的？"

他对我还算是恭恭敬敬："不，我们家里人都不是大吃大喝的类型。"

"那是训练出来的？"

"绝对要训练，最初吃一碗饭，接着两碗、三碗、四碗，这样吃出来的。"他说。

"你在纽约参加吃热狗比赛，一连五年都是冠军，到底能吃多少根？"

"五十多根，汉堡我能吃六十多个。"

"吃汉堡不是比吃热狗还难吗？"

"不是快餐厅那种那么大的汉堡。"他回答得很老实,"吃起来比热狗容易。"

"这次比赛吃叉烧包,在十二分钟内你有把握吃多少?"我问。

"没吃过,不知道。"

"为什么大吃会的比赛都定在十二分钟呢?有没有原因?"

"也不明白最初是谁规定的,"他说,"后来的比赛都跟着定了十二分钟,没有什么科学根据。"

"你现在还有其他工作吗?"

"没有,全靠奖金过活了。"

"世界上有那么多的比赛,你怎么知道这些比赛在哪里举行?"

"互联网上有很多网站,我的经纪人替我找出来,我一个个去,今年的档期已经排满了。"他说。

时间到了,工作人员来叫我们上场。

台上站着几位大汉,身材都比小林尊高大,个个都对自己的胃口很有信心。

轮到小林尊出场,他走出来,很有台风,已有许多女子尖叫,当他是明星。日本来的(不能称为影迷或歌迷,最多是"胃迷"吧),纷纷举起相机拍照,小林尊向众人举出"V"字形手势打招呼,更惹得那帮疯狂的女子高声尖叫。台上,工作人员摆了一笼笼的叉烧包,一笼十个,叠得很高。

后台播出动感的迪斯科音乐，我举起大鼓槌往铜锣上一敲，比赛开始。

小林尊用最快的速度，在一分钟内解决了一笼。在别人只吃到第三个时，他狂扫第二笼。小林尊一边吃一边摆动身体跟着音乐节奏跳舞，简直是一名经验老到的表演者。想起倪匡兄吃得太饱时也跳几下，说能快点消化，我笑了出来。

第三笼很快吃光，我发现他是将叉烧包捏扁，令它们更容易吞下，然后开始喝水。到了第四笼的时候，我在他后面问道："喝了水，叉烧包不发胀吗？"

他没有因我插话而分神："不，反而容易让面粉皮软化。"

第五笼又吃完，别的参赛者放慢了速度，已有气喘的迹象，小林尊干掉了第六笼。

看时间，已过了六分钟，赛程的一半。第七笼开始，比赛气氛愈来愈热烈，因为他充满信心，不会显出因为吃得太多而肚子爆裂的恐怖现象。

时间一分一秒地过去，我发现他的平均速度是七秒钟吃下一个叉烧包，原来这个人已经胸有成竹地把要吃多少个算好。第八笼已经吃完。

别的人已经吃不动了，虽然他已是赢定，但是没有停下来，像要打破自己的纪录。第九笼了，剩下两分钟，我拼命替他打气，现已经到了第九十八个、九十九个、一百个，完成。

他在十二分钟内吃了一百个叉烧包！

闪光灯照个不停,小林尊是优胜,其他参赛者,最多吃到四十多个而已。

我把大银杯和奖金支票交到他手上,各家电视台和报馆、杂志社的记者争先恐后地发问,小林尊淡定地一一作答。

"肚皮有没有胀呀?"记者问。

小林尊大方地拉开T恤衫,露出大肚皮,众人惊叫时,他又收缩,展示六块腹肌,像健美先生一样。

他苦口婆心地向小朋友呼吁:"这是训练出来的,千万不可以学习。"

"你认为中国香港选手的表现怎样?"

小林尊很圆滑地说:"我看他们都很有潜力,只是没有像我那样训练而已。"

"你比赛前有没有吃东西呢?"

"没有。"他回答得坚决,"饿了三天,做好准备。"

"那你平时一天吃多少餐?"

"六餐,每餐吃得不多。"小林尊说。

"吃了一百个叉烧包,今晚还会吃吗?"

"中国香港是美食天堂,我本来已经吃不下了,但还是忍不住要试试你们的海鲜。"

被小林尊那一顶高帽一戴,香港的记者都很满意地收工了。

记者招待会完毕后,小林尊再找我闲聊。

"辣的行不行?"我问,"下次请你来比赛吃担担面。"

"第一碗会辣坏，但是到了第二碗就感觉不到了，请你一定要请我。"

"记得到时要多吃木瓜，木瓜能解辣，不然后患无穷。"我劝告。

"一定听你的话。"小林尊说，"我们有共同的地方，我吃多，你吃巧，都是靠吃为生，做这一行真快乐。"

我同意。

孤 僻

年纪越大，孤僻的症状越严重。所以有"Grumpy old man"（爱发牢骚的老人）这句话。

最近尽量不和陌生人吃饭了，要应酬，多累！也不知道邀请我吃饭的人的口味，叫的不一定是些我喜欢的菜，何必去迁就他们呢？

吃来吃去，就那么几家信得过的餐厅，不要听别人说"这家已经不行了"，自己喜欢就是，行不行我自己会判断。听到这句话很想说："那么你给我找一家比他们更好的！"但一想，这话也多余，就忍住了。

尽量不去试新的食肆，像前一些时候被好友叫去吃一餐淮扬菜，上桌的是一盘熏蛋，本来这也是倪匡兄和我都爱吃的东西，岂知餐厅要卖贵一点，在蛋黄上加了几颗莫名其妙的鱼子酱，倪匡兄大叫："那么腥气，怎吃得了！"我则不出声了，气的。

当今食肆，不管是中餐西餐，一要卖高价，就只懂得出这三招：鱼子酱、鹅肝酱和松露酱，好像把这三样东西拿走，厨子就不会做菜了。

食材本身无罪,鱼子酱腌得太咸,会覆盖鱼子酱本身的味道;腌得太淡,又会腐烂;要腌得刚刚好的,天下也只剩下三四个伊朗人能做到。鱼子酱如果产自其他地方,一定咸得只剩下腥味,唉,不吃也罢。

鹅肝酱真的也剩下法国碧丽歌的,只占世界产量的五个巴仙[①],其他九十五个巴仙都是来自匈牙利和其他地区,劣质产品吃出死尸味道来,免了,免了。

说到松茸,那更非日本的不可,只切一小片放进土瓶烧中,已满屋都是香味。用韩国的次货,香味减少,再来就是其他更次的,整根松茸扔进汤中,也没味道。

现在算来,用松茸次货,已有良知,当今用的只是松露酱。意大利大量生产的松露酱,一瓶要卖几百港币,也觉太贵,用不知名产地的,只要一半价钱,放那么一点点在各种菜上,虽然能扮高级,但是看到了简直倒胃口。目前倒胃口的东西太多,包括人。

西餐其实我也不拒绝,尤其是味道好的西餐。不过近来也逐渐对其生厌,为了那么一餐,等了又等,一味用面包来填肚子,

---

① 巴仙:东南亚一带的华人用语,由英语"percent"音译而来,即百分比的意思。

就算再高级的法国菜，见了也怕。

能吃的，是欧洲乡下人做的，简简单单来一锅浓汤，或煮一锅炖菜或肉，配上面包，也就够了。从前为了追求名厨而大老远跑去等待的日子，已过矣，何况是模仿的呢？假西餐做中餐，只学到在碟上画画，或来一首诗，就是什么高级、精致的料理，上桌之前，又来一碟三文鱼刺身，倒胃口，倒胃口！

假西餐先由一名侍者讲解一番，再由经理讲讲，最后由大厨出面讲解，烦死人。

讲解完毕，最后下点盐，双指捏起一撮，弯曲臂膀，做天鹅颈项状，扭转一个弯，撒几粒盐下去。看了不只是倒胃口，简直会呕吐出来。

以为大自然的才是好的料理也好不到哪里去，最讨厌北欧那种假天然菜，没有了那根小钳子就做不出，已经不必去批评分子料理了，创发者知道自己已黔驴技穷，玩不出什么新花样，自生自灭了，我并不反对去吃，但是试一次已够，而且得是自己不花钱的。

做人越来越古怪，最讨厌人家来摸我，握手更是免谈。"你是一个公众人物，公众人物就得应付人家来骚扰你！"是不是公众人物，别人说的，我自己并不认为自己是，所以不必去守这些规矩。

出门时一定要有一两位同事跟着了，凡是遇到人家要来合照的，我也并不拒绝，只是不能拥抱，又非老友，又不是美女，拥抱来干什么？最讨厌人家身上有股异味，抱了久久不散，令我周身不舒服，再洗多少次澡还是会有异味。这点助理已很会处理，凡是有人要求合照，助理会代我向对方说："对不起，请不要和蔡先生有身体接触。"

我自认有点修养，从年轻到现在很少说别人的坏话。有些同行的行为实在令人讨厌，本来可以揭他们的疮疤来置他们于死地，但也都忍了，遵守着香港人做人的规则，那就是：自己活，也要让别人活！英语是：Live and let live！

但是也不能老被人家欺负，耐心地等，有一天抓住机会，再去复仇。

在石屎森林[①]活久了，自有防御和复仇的方法，不施展而已，也觉得不值得施展而已。

[①] 石屎森林：粤语中的专有名词，香港人把当地的高楼大厦称为"石屎森林"。

清　福

和团友一起来北海道，有三分之一的团友是以前参加过的，他们和其他新人也很快熟稔。

大家一路上有说有笑，最过瘾的莫过于放纵自己。公路旁边一停下来，大家都不肯休息，往店铺中钻。有些大胃王，中餐刚吃过，现在又坐下叫一碗拉面；购物的团友看到紫色薰衣草、Hello Kitty娃娃，抱着不放；抽烟的同志躲在一边。

大家的共同点是买雪糕吃，软的硬的，一路上吃个不停。北海道的牛奶最浓最香，做起雪糕是好材料，又不是很甜，大家都很喜欢。

有人边吃边问我："吃了会不会发胖？胆固醇是不是很高？"

我总是笑着说："不会胖。我们吃的是最好的胆固醇，别人吃的，是坏的。"

好像有点道理，大家放心吃。

我们这些人中小至七八岁，大至七八十岁，人人捧着一根软雪糕，在没有融化之前赶紧将它吃完。日本人经过，看得啧啧称奇。

到了温泉旅馆，大胃王们已忍不住，先在烧鸟店（日式烤鸡肉串店）干掉几十串烤鸡肉。晚餐丰富，有烤活鲍鱼。吃过后也不运动，就往拉面店跑，来碗面豉汤底，但猪骨汤底还是最受欢迎的。怪事是大胃王们的身材还是那么苗条，胖子不多。

"不要紧吧？"我问。

少女们用我的话回答："我们吃的是最好的胆固醇，别人吃的，是坏的。"

爱泡温泉的团友，一到达目的地，先泡一下。吃过饭，再来一轮。第二天出发之前，泡个够本，三次是一定的，有的四次也不嫌多。

"不要紧吧？"我又问。

温泉友也笑着说："我们泡，没事；别人泡过，一定脱皮。"

这一套哲学很管用。旅行时，不用白不用；用了，心安理得，何乐而不为？

偶尔地放纵自己，是清福。

好吃，是一个长久诱惑

日本人把卖小食的店铺叫成"小料理"。这次我们在东京，得了一个新的经验，那是由朋友带去新宿区神乐廐的小料理，它的店名叫"笹贵"，铺面很普通，看不出什么苗头。

走进去，发觉里面很狭小，第一个印象是老板娘胖得占去店铺的大部分面积，她的圆形大脸露出顽皮又可亲的笑容。站在她身后的是她的独生女儿，也是小肥娘，十七八岁，人虽胖，但样子蛮好看。

这家店只做熟客生意，朋友来之前已打好电话，老板娘已准备好一沓秋天的和服，叫我们到浴池先洗个澡。

公众浴池是个垂死的行业，日本人的生活水平已经非常高了，现在一般人家里都有冲凉房，公众浴池变得稀奇，笹贵的里面却有一家古色古香的浴池。

我们只是来吃东西，洗什么澡？但是这个想法大错特错，在热水池里泡了一阵子后，饿火大旺。穿上那件宽宽的和服，浆得挺直的麻料摩擦着裸身，那感觉是多么清爽和舒服！

"我们有秋田来的酒。"老板娘说,"最好是喝冰镇的!"

朋友摇头,称冷酒易醉,还是烫热了的比较好。

"我说喝冷的就喝冷的!"老板娘命令。

好家伙,这老板娘真有个性,只好由她摆布,听她的话喝冷酒。一大口下喉,果然是甘醇,禁不住再注一杯。

老板娘看在眼里,满意地微笑。

接着她给我们一人一盘小铁磨和一枝绿芥末茎,普通的店都是用粉捣的,但这里用新鲜的原料,而且还是即磨即食,真是高级。

"菜不要太多!"朋友说。

老板娘又不大高兴了。

我已经饿得快要昏倒了:"不要紧,多拿点也吃得下。"

老板娘笑着去拿菜。朋友趁她转头,轻轻地说:"这下子我们可闯祸了!"

第一道菜是海胆春(鱼卵)的"云丹"。这是周作人先生念念不忘的东西,他写信给日本朋友的时候经常提起。

一般的店里,云丹是包在紫菜和饭团里的一小块,老板娘端上桌的就是一大盒。另外的贝柱、鲑鱼子等等,都是一盒盒的,原来老板娘生性懒惰,把在菜市场买到的海鲜原封不动地给客人吃。

云丹和贝柱的吃法是用紫苏的叶和紫菜包束,一包一口,吃得直爽痛快。

再下来是虾,她取出活生生的虾在水龙头下冲一冲,一人两大尾摆在我们面前,虾还蹦跳个不停。我们要自己剥壳蘸酱油吃,细嚼后感到甘甜无比。

朋友酒喝多了,想要一杯冰水,向老板娘讨了几次,她装作没有听到,后来我又替他向老板娘说了一遍。

"喝什么冰水?冰酒不是一样!"她大声地喊。朋友只好收口。老板娘的女儿看到了,哧哧地偷笑。

后面的菜是一大盘块状的金枪鱼"toro"(大腹)、赤贝和柚子般大小的八爪鱼,前两样是生的,八爪鱼是煮熟的,每人各一盘。

我们已经有点吃不动了,而且那只八爪鱼又不切开,怎么吃?

"用手撕呀!"她咆哮。

真是怪事。印象中八爪鱼是橡皮一般硬的东西,但老板娘家的软得像鸡肉,一撕就开,我们从来没吃过那样柔滑的八爪鱼。

"现在应该喝点热东西了。"老板娘说完给我们一人一杯茶,她的茶是用茶道的绿茶粉泡的,又浓又香。

那个酒喝得太多的朋友以为喝了浓茶会倒胃,就偷偷地走出门去,在近处的自动贩卖机里买了一包牛奶倒在杯子里面。

"要不要再来一杯茶?"她问。

大家都喝不下,摇头拒绝。

"老板娘,"朋友说,"我想要一些饭吃吃。"

"我们不卖饭！"她呼喝道，好像被羞辱，"这么好的菜不吃，吃什么饭？"

这时候，谁敢吭声？她的个子那么大，手上又握着刀。

还好她的愠色是假的，一转泼辣面孔，娇滴滴地问："要用碗吃还是包紫菜吃？"

"包……包紫菜！"朋友低声回答。老板娘叫她女儿到家里去拿。她女儿过了一阵子才回来，手上捧着一大碗香喷喷的热饭，向友人说："吃吧，这本来是妈妈的消夜。"我们感激地包着鱼片吃，肚肠中温暖，又是另一番滋味。

"要不要再来一杯茶？"老板娘又问，我们又摇头。她拉长了脸走开去。

带我们来的朋友偷偷地告诉我："她丈夫死去后，她一个人经营这家店，也不请工人，辛辛苦苦地把她的女儿送去念大学。"

这可真不简单，我们都敬佩她。她回来后再问："要不要再来一杯茶？"朋友们正想要摇头，我抢着说："好，再来一杯！"

我知道不听她的话她不会死心的，果然，她知道我们了解她的心意后，又开朗地笑了。

"下次再来！"她的语调是命令式的，又带威胁性。我们乐意遵命。走远，回头，看到母女俩还站在门口相送。

不惜工本求完美

很少有餐厅能留给我那么深的印象,这次去神户的这一家,可以说是一生当中吃过的,我认为是天下最好的十家之一。

这家店在一座大厦三楼,连招牌也懒得挂,推开门,是一家一千平方英尺①左右的食肆。

主厨也是老板,经友人介绍,他笑嘻嘻地叫我在柜台前坐下,先拿出一个巨盘,足足有十人餐桌的旋转板那么大,识货之人即刻看出是御前烧的古董陶器,价值不菲。

柜台后是一排排的冰箱,木质的门,比铁质的悦目。打开冰箱,里面尽是最高级的神户牛肉,整只牛的任何部分都齐全,因为主厨拥有大农场,牛是一头头现宰的。

"所谓神户牛,都不是神户人饲养的,这户农家两三头,那户四五头,然后拿到神户来卖。我的农场正开在神户,可以名符

---

① 一千平方英尺:1平方英尺约等于0.0929平方米。

其实地叫作神户牛肉。"他解释。

吃牛肉之前,先来点小菜,他拿了一块金枪鱼,切下肚腩最肥的那一小片"toro",这一刀那一刀地把边角料切掉,只取中间部分给我吃一口。目前的金枪鱼都是从外国进口的,像这种从日本海抓到的近乎绝种,吃下去,味道的确不同。

主人的样子,瘦瘦小小的,看着比实际年龄小,也应有四十多岁了,态度玩世不恭,但做起菜来却很用心,有他严肃的一面。

他放在大盘上的食物是乌鱼子,有一本硬皮书般大小,从来没有看过这么大的,我以为是台湾产的。

"我寻遍日本,才找到的。"他说完把葱蒜切片夹着给我吃,"不过这种中国台湾人的吃法比日本人的高明。"

材料也不一定采自日本,他拿出伊朗鱼子酱,毫不吝啬地倒在大碟里。我正要吃,他叫我等一等,拿出一大条生牛舌切成薄片:"试试看用牛舌刺身来包鱼子酱。"

果然,错综复杂中透出香甜。想不到有此种搭配。

"我吃过的牛舌,还是澳洲的最便宜,也最好。"我说。

"一点也不错。"他高兴得跳起来,"我用的就是澳洲牛舌。神户牛肉不错,但是日本牛舌又差劲又贵,为了找最好的澳洲牛舌,我去澳洲住了三个多月。澳洲的东西,不比深圳的贵。"

听他的口吻,像对什么地方的行情都很熟悉。澳洲的东西虽然便宜,但花的时间呢?

"这一餐,吃下来到底要多少钱?"我已经到了不在暗地里嘀咕的年龄,不客气地直接问他。

"以人头计,吃多少,都是两万日元,合一千多港币。我也当过顾客,最不喜欢付贵账时被吓一跳。事先讲明,你情我愿,才舒服。"他大方地回答,"来店里的熟客都知道这个价钱。"

"还包酒水?"我问。

"包啤酒、日本酒。"他说,"红酒另计。总不能让我亏太多。哈哈。"

柜台架子上有很多日本酒的百科全书,他说客人建议进一些冷门的酒,他即刻查出处,买来自己试试,过得了关就进货存仓。

"上次神户地震,没什么影响吧?"我问。

"地窖中的碗碟都裂了,还打破了很多箱红酒,也损失了近亿日元。"

心算一下,也有六百多万港币(按当时汇率换算)。

"不过,"他拍拍胸,"好在大厦没塌下来。"原来整座建筑都是他的产业。

"地震之后,附近的餐厅之中,只有我第二天就继续营业。"

"这话怎么说?"我问。

"别的餐厅都是用煤气,煤气管被破坏了没那么快修好,我烤牛肉是用炭的。"他自幽一默地说,"我也到日本各地的窑子去找最好的炭,还和炭工一起烧,研究为什么他们的火那么猛,一住又住了三个多月,眉毛都烧光了,哈哈。"

压轴的牛肉终于烤出来了，老板也不问你要几分熟，总之他自己认为完美就上桌。一口咬下去，甜汁流出，牛肉入口即化，没有文字能够形容它的美味。

已经饱得吃不动了，他还建议我吃一小碗饭："我们用的米，是有机的。"

"到处都是有机植物，有什么稀奇？"我问。

"不下农药，微生物腐蚀米的表皮，味道还是没那么好。我研究出一个不生虫的办法，把稻米隔开来种得稀疏，自己的农场地方大，不必贪心地种得密密麻麻，风一吹，什么虫都吹走，这才是真正的有机植物。"他解释。

"你那么不惜工本去追求完美，迟早倾家荡产。"我笑着骂他。

"咦，你说错了，我有我的办法，我的老婆另外开了一家大众化的牛肉烧烤店，生意做不过来，我当然骗她说我的店没有亏本，她也不敢来查，天下太平。"他说，"走，我们吃完去神户最好的酒吧，叫蔷薇蔷薇，美女都集中在那里，我请你再喝一杯。"

"日本人请客去酒吧，多数是作为自己有目的的借口。要是单单请客，我就不去了。当你的借口，我可以陪你。"我说。

这时候，他的太太走进店里，是一位看起来比他老很多的女士，身材肥胖。

我向他说："走，我们喝酒去。"

他笑着说："借用《北非谍影》的最后一句对白，'我相信这是一段美丽的友谊的开始'。"

诚

在东京吃牛肉，日本料理的名店不少，而西餐做法是有很多香港人也知道的"麤皮"。三个鹿，作为"粗"字，"麤皮"日文发音为"arakawa"。

但麤皮很贵，一个人消费三四千块港币不出奇，要是开一瓶上好的法国红酒，以日元算，更是天文数字。

要便宜一点，但也便宜不到哪里去的，是日本桥的"诚"（makoto），也有中国香港客人专程去吃。店里没有固定的餐牌，当天市场中有什么新鲜的就做什么，当作前菜和小食，主菜还是牛肉，以人头计，两三千港币一位。

这家店地方很小，而且难找。店主异常高傲，你要上门，必得寻找一番。他的店外，连招牌也不挂一个。

经熟客带去之后，觉得满意，向店里索取名片。背后画着地图，下次前往，交给的士大佬带路，下车之后，走进小巷，才看到门口。

店内分两层，楼下坐柜台，只容十个客人；楼上座位，看不到店主烧菜，情调就差了很多，不订位的话，柜台多数没的坐。

今天去，先叫了一点牛肉刺身，口感像金枪鱼腩"toro"，但味道并不强烈，吃不出什么牛肉味道来。店主看我面无表情，问我要不要来点炸虾，我点头。吃完之后，他忍不住再问："OK？"

"比天妇罗美味。"我说。他才露出笑容。我看他用活虾蘸了一点点的粉，浸入鸡蛋浆之中再炸的，皮薄得几乎看不见，的确不错。

牛肉烤了出来，当然很香、很软，是最高级的味觉和口感。

"这是什么地方的肉？三田，松坂，近江？"我问。

他自信地笑："今天看到的最好的，就买下，什么是最好的，全凭经验。"他说的，我也相信。

旬

　　日本的冷冻及保鲜技术发达，一般的寿司店中什么鱼生都有，但是真正一流的刺身只能在日本吃到。而且，这些店讲究不时不吃，遵守一个"旬"字。

　　所谓旬，是指季节。食材要在每一年的某一个月中，才最肥美，肉质也不会松弛。

　　举个例子，像金枪鱼（tuna），日本近海产的叫"hon maguro"，一年之中也只在十月吃。印度和西班牙进口的，说不上"旬"字。

　　不过，旬之鱼，也要看气候，刮大风抓不到，海洋污染了也逐渐抓不到。数量少了，价钱就贵，和冷冻货源一比，要高出几倍甚至几十倍来。

　　鱼被空运到海外，价钱也同样更贵。在日本吃的话，埋单价是吓不死中国香港人的。

　　十月中，除了金枪鱼，季节性的还有"小肌"（kohata），它全身发亮，寿司店的大师傅称之为"光物"（hikari mono）。

此鱼在不是季节时只能用醋浸来吃。

鲭鱼（saba），这时横腹中生了一条金色的线，代表它可当刺身，普通时这种鱼多数是煮来吃，也被制成罐头。

inada，没有汉字名，是鰤鱼的成长过程中的一个名字。四厘米的鰤鱼，就叫"inada"，这时的肉质最幼细[①]。

帆立贝（hodate gai），十月吃最甜最滑，多数是北海道产。

墨乌贼（sumi ika），肉最厚，高级寿司店才进此货。

至于什么叫高级，其实并不一定是贵的，像在东京筑地鱼市场内的"寿司大"就能吃到。老板叫金泽（Kanazawa），走进店里，问他要"发怒的鱼"（okete iru sakana），寿司界中季节性鱼类的术语，他一听就知道你不是外行，价钱算得更便宜了。

---

① 幼细：广东话，用来描述各种事物的大小、程度等方面的细微特征。

不　变

九州拉面和东京及大阪的不同，别具一格。来到福冈不吃这个，是种损失。

最好的叫"一风堂"，在福冈一共有八家，别处无分店，但每一家都有人排队，要吃得等位。一般客人叫的是"赤丸新味"和"白丸元味"。前者以用猪骨熬了一夜的汤来煮面，面上有两片叉烧、葱和黑木耳丝，味道较浓。后者汤清澈，女性顾客较喜欢。

最近"一风堂"又推出了套餐的"极新味"，在猪骨汤中加了鸡肉和鸡骨去熬。吃这种套餐有四个步骤：第一，先尝汤的滋味；第二，吃用汤炖出来的茶碗蒸蛋；第三，把汤浇在白米饭中，当成泡饭来赏味；第四，是用一种叫"nuube"的冻，溶化进汤中喝。所谓"nuube"，是从西班牙菜得到的灵感：热猪骨，加酱油炒蔬菜，蔬菜炒至微焦，把剩下的菜汁冷藏成冻，吃时将冻加在汤中，让它慢慢溶解后喝。

这次到"一风堂"，遇到老板河原成美，向我说："啊，蔡生，我读过你翻译成日文的书，拿它去中国香港到处吃，书里面，你说你只爱古老味道的食物，这一点我不赞同。我们的拉面，就一直在变。"

说得有点道理。四十多年前，我在日本初试拉面时，觉得那简直是一种只能填饱肚子的食物，在水中加了酱油，就当成汤了，经过那么多年，愈来愈精，才有当今的成果。

"我们的所谓不变，是不变原来已经好吃的，再精益求精，不变和变化听起来好像相反，但原意一样。失去了变化的渴望，人和社会都不会进步。"河原说。

第二章

日本料理极具观赏性,讲究平静、优雅、平和

日本人的一日三餐

早　餐

传统的日本早餐，的确另有一番滋味。

先饮一杯热清茶。侍女奉上一罐用精美瓷器装的腌梅。把牙签往樱桃般大小的梅子上一插，在另一个瓷壶里点上细糖，下口又爽又脆，又酸又甜，再喝口茶，这时，胃已洗得干干净净，食欲大振。

美丽的碗碟放在一个黑漆盘中。主菜多是一片烧鲑鱼，一碟上面撒着柴鱼丝的菠菜，一块夹着鳗鱼碎的烧鸡蛋，一堆纳豆，一个生鸡蛋和一碗豆酱汤。最后是一钵饭，或者稀饭，日本人称之为"朝粥"。

漆做的汤碗有个盖子，被热气一吸，很难打开，要拼命也没用，只需轻轻地用拇、中二指将碗一按，盖子自然跳开。饭钵不大，就这么吃也行，但礼貌上要装碗后进食。他们把生鸡蛋打入热饭中吞下，这习惯真不敢领教。不过，紫菜片点了酱油，铺在饭上，用筷子一卷一夹送入口，倒是美味。

快餐店的煎鸡蛋火腿、奶茶、咖啡作为早点，侥幸至今还不能在日本流行起来。

午　餐

日本人吃饭不花时间，午餐更是短，最多十五分钟，再长也不过二十五分钟。要是站在路旁吃"立食面"，三分钟就能解决。

一般，中午休息一个小时，大可花三刻钟来进食。但人口拥挤，你在吃的时候，后面已经站着两三人等待，只能草草了事。

吃的种类大多是咖喱饭、烧鱼定食、中国面、意大利粉等。总之但求饱肚，不讲究味道。剩下来的时间打打弹子，吃茶室中泡杯咖啡，公园里散散步，或在天台上晒太阳。

带便当去公司已经非常老土。而且，太太们也要工作或懒惰不愿早起。在办公室里吃便当，一定会被同事笑为"孤寒"。不然便被讥为怕老婆，连到外面吃午餐的自由也没有。

东京来的友人，见本地报摊的一家四口中午做两菜一汤，慢慢享受的闲情，羡慕得很。他说基本上他们就像"一群工蜂"，劳动至死为止，不懂得停下来。

如果你能花两小时吃中午饭，那你一定是高人一等。其实，本地人何尝不是一样。

晚　餐

外国人的晚餐，将酒、气氛、谈话和食物一块儿进行。日本人却是将它们分成一块块的。

下班后，跑到小食店去大喊："口渴死了，先来一瓶啤酒。"喝完了再饮清酒，混着来喝，对他们来说不是问题，不会因此而醉。要是早点儿醉了更是妙哉，可以省一点钱。

穷学生更要用最少的花费达到最高的目的，所以一定要空着肚子饮酒。

喝酒时只叫一两碟小菜，醉后便成群结队去吃茶点、谈学问，或做生意。如果喝得兴起，便去酒吧再喝几杯。这家酒吧喝不醉，便换另外一家，什么老婆本都拿出来请客。一直喝，不知不觉，已经去了五六家。日本人称之为"梯子"，一格格爬出去的意思。

最后，肚子真的饿了，没有家的人躲到街边小档子去吃烧鸟。结了婚的叫太座[①]弄东西，见她睡觉，只好随便把冷饭用热茶一泡，发明了所谓的"茶渍"。有的老婆干脆连三餐都不理不睬，所以又发明了方便面。

---

① 太座：对自己妻子的戏称，或对别人妻子的尊称。

关于清酒的二三事

日本清酒，罗马字作"sake"，欧美人不会发音，念为"沙基"，其实那"ke"读成闽南语的"鸡"，中文就没有相当的字眼，只有学会日本五十音，才念得出"sake"来。

酿法并没想象中那么复杂，大抵和制作中国米酒一样，先磨米、洗净、浸水、沥干，蒸熟后加麦饼和水，发酵、过滤后便成清酒。

日本古法是用很大的锅煮饭，又以人一般高的木桶装之，酿酒者要站上楼梯，以木棍搅匀酒饼才能发酵，几十个人一块儿酿制，看起来工程十分庞大。

如今的酒桶都以钢桶代替了木桶，一切机械化，用的人工也少，到新派酒厂去参观，已没什么看头。

除了大量制造的品牌像"泽之鹤""菊正宗"等之外，一般的日本酿造厂规模都很小，有的简直是家庭工业，每个省都有数十家，所以搞出那么多不同牌子的清酒来，连专家看得都头晕了。

数十年前，当时我们还是学生，喝的清酒只分特级、一级和二级，价钱十分便宜，所以绝对不会去买那种小瓶的，一买就是一大瓶，日本人叫为"一升瓶"（ishobin），有1.4升。

经济起飞后，日本人见法国红酒卖得那么贵，看得眼红，有如心头大恨，就做起吟酿酒来。

什么叫"吟酿"？不过是把一粒米磨完又磨，磨得剩下一颗心，才拿去煮熟、发酵，酿制出来酒。有些日本人认为米的表皮有杂质，磨得愈多杂质愈少，因为米的外层含的蛋白质和维生素会影响酒的味道。

日本人把磨掉米的比率叫"精米度"，精米度为六十的，等于磨掉四十巴仙的米，而清酒的级数，取决于精米度。本酿造和纯米酒只磨得三成；而特别酿造、特别纯米酒和吟酿，就要磨掉四成；到最高级的大吟酿，就磨掉一半，所以要卖出天价来。

这么一磨，什么米味都没了，日本人说会像红酒一样，喝出果子味（fruitness）来。真是见他的大头鬼，喝米酒就要有米味，果子味是洋人的东西，日本清酒的精神完全变了质。

还是怀念我从前喝的，像广岛做的"醉心"，的确能醉入心，非常美味，就算他们出的二级酒，也比大吟酿好喝很多。别小看二级酒，日本的酒税是根据酒的级数定的，很有自信心的酒藏，就算做了特级，申报给政府也说是二级，把酒价降低，让酒徒喝得高兴。让人眼花缭乱的牌子，哪一支最好呢？日本酒没有法国的Latour或Romanee-Conti等贵的酒，只有靠大吟酿来卖钱，而且一般的大吟酿并不好喝。

问日本清酒专家，也得不出一个答案，像担担面一样，各家有各家的做法，清酒也是。哪种酒最好，全凭口味，自己家乡酿的，喝惯了，就说最好，我们喝来，不过如此。

略为公正的评法，是米的质量愈高，酿的酒质愈佳。产米著名的是新潟县，当地的酒相当不错。新潟简称为"越"，有"越乃寒梅""越后景虎"等清酒品牌，我都喝过，另有"八海山"和"三千樱"，亦佳。

但是新潟酿的酒，味淡，不如邻县山形酿的酒那么醇厚和味重。我对山形县情有独钟，曾多次介绍并带团去那里游玩，那部《礼仪师之奏鸣曲》大卖，电影的取景地就是山形县。后来，去那的观光客更多了。

去了山形县，别忘记喝当地的"十四代"。问其他人最好的清酒，总没有一个明确的答案，以我知道的日本清酒二三事，我认为"十四代"是最好的。

在山形县一般的餐厅也买不到"十四代"，它被誉为"幻之酒"，难觅。只有在高级食府，日本人叫作"料亭"，从前有艺伎招呼客人的地方才能找到，或者出名的面店（日本人到面店主要是喝酒，志不在面），像山形的观光胜地庄内米仓中的面店亦有出售，但要买到一整瓶也不易，只有一杯杯的，三分之一水杯的分量，叫"一下"（one shot），一下就要卖到两千到三千日元，相当于港币两百多了。

听说比"十四代"更好的，叫"出羽樱"，更是难得，我下次去山形，要再比较一下。我认为最好的，都是比较出来的结果，好喝到哪里去，不易以文字形容。

清酒多数以瓷瓶装之，日本人称之为"德利"（tokuri）。叫时侍者也许会问：一合？二合？一合有一百八十毫升，四合一共七百二十毫升，是一瓶酒的四分之一，故日本的瓶装比一般洋酒的七百五十毫升少了一点。现在的德利并不美，但古董漂亮之极，黑泽明的电影就有详尽的历史考证，拍的武侠片雅俗共赏，能细嚼之，趣味无穷。

另外，清酒分甘口和辛口，前者较甜，后者较涩。日本人有句老话，说：时机不好，像当今的金融海啸时，要喝甘口酒；当年经济起飞时，大家都喝辛口。

和清酒相反的叫浊酒，两者的味道是一样的，只是浊酒在过滤时留下些渣滓，色就混了。

清酒的酒精含量，最多是十八度，但并非十八个巴仙是酒精，两度为一个巴仙，有九巴仙，易醉人。

至于"清酒烫热了，更容易醉"，这是胡说八道，喝多了就醉，喝少了不醉，道理就是那么简单。原则上是冬天烫热，日本人叫为"atsukan"；夏日喝冷的，称之"reishyu"或"hiyazake"。最好的清酒，应该在温室中喝。"nurukan"是温温的酒，不烫也不冷。请记得这个"nurukan"，很管用，向侍者这么一叫，连寿司师傅也甘拜下风，知道你是懂得喝日本清酒之人，就对你肃然起敬了。

关于日本茶的二三事

初尝日本茶,发现有点腥味,不觉得好喝。我在日本一住下来,便是八年,对日本茶有了点认识,现在与各位分享。

日本茶分成:一、抹茶;二、煎茶;三、番茶;四、玉露。在日本,茶树经多年改良,长出的茶叶苦涩味减少。采下之后即刻用蒸气杀菌消毒,不经揉捻,直接放进焙烧炉烘干,然后放进冷库,提高其葡萄糖含量。

从冷库提出之后切割成小块,放入石磨碾成茶粉,便是抹茶了。当然,根据茶叶的幼细度、香气和颜色,分成不同等级及价钱。

我们一直以为抹茶是日本独有的。其实日本的茶道,完全是抄自唐朝陆羽的《茶经》,一成不变。各位有空到西安的法门寺一走,便可以看到种种出土的抹茶道具,和日本当今用的一模一样,所以如果我们说学习日本茶道,会被人笑话的。

抹茶的喝法(以一人计)是取一茶匙,或准确一点——用两克的茶粉，再用二盎司①的水，在八十摄氏度的温度之下冲泡十五秒，便可以喝了。

如果依照日本的茶道，便是取了茶粉，放入碗中，加热水，用茶签（像刷子的竹器）花十五秒时间打匀。仔细一点，茶粉要用茶漉（一种茶筛）来隔掉结成一团的茶粉粒子。

但是一般家庭喝抹茶，取一茶匙入杯，冲不太烫的热水，便可以喝了。寿司店给你喝的，也是用这种做法做的。

煎茶是日本茶中最普通的，准备一个人到三个人喝的量，用十克茶叶，放进茶壶，用八十摄氏度的水冲七盎司，浸一分钟就行。

煎茶的制法是采取茶叶后，经熏蒸，然后将茶叶揉捻，再烘焙而成。煎茶外观翡翠青绿，口感甘甜，略有涩味，是最受欢迎的日本茶。煎茶对茶叶的要求不高，制作方法也简单。

番茶是一个广义的称呼，包括烘煎茶、玄米茶和若柳②。烘煎茶是制茶技术之一种，目的是去掉茶叶中的水分，提高茶叶的香味和保存效果。烘煎茶颜色为褐色，用的是茶叶；若用茶茎，则称之为"焙煎茶"。

焙煎茶的做法随意轻松，不分季节。日常饮用时，冲泡之前

---

① 盎司：既是容量单位也是重量单位。作为容量单位时，1盎司约为29毫升。
② 若柳：番茶中口味最清淡的"柳"系列中的上品。

放进微波炉中一"叮",更能突出茶味。也可以作香熏之用:在一个香熏器具中放了焙煎茶,下面点蜡烛,便有阵阵香味,比精油的香味自然得多。

焙煎茶正式的泡法是用两茶匙茶叶,八盎司的水,在一百摄氏度水温下冲泡三十秒钟,即成。

玄米茶则是日本独有的,绿茶中混合了烘焙过的糙米,冲泡后有绿茶香气,也有米香。像中国人喝花茶一样,不爱喝的,不把它当茶。

最后要说的是玉露了。一般人喝的是略经烤焙的茶叶,叫绿茶;刚摘下的,叫新茶。第一次下口,觉得像在喝洗鱼水,腥得很。我最喜欢的玉露,能在京都二条的小茶馆喝到。

我初到京都,就去了"一保堂"。在这家1717年创业的老茶铺中,我们可以喝到一杯完美的玉露茶。什么叫"玉露"?是用采收前一个月搭棚覆盖、避免阳光直射的茶叶,只采新叶,进行干燥及揉捻后制成的。冲泡玉露要用低温水,标准是用六十摄氏度的水,有些甚至用低到四十摄氏度的水。

第一回在"一保堂"本店喝,座上有个铁瓶,滚了水,用竹勺取出。怎么样才知道水温已降温至四十摄氏度呢?先把滚水冲进第一个杯,再转第二个杯,最后转第三个杯,便可以装入放了十克茶叶的茶壶中。第一泡等九十秒就可以喝;第二泡不必等,换了三次杯后直接冲入茶壶,即喝。最重要的是,玉露非常干净,又无农药,第一泡无须倒掉。

第一口玉露喝进嘴中，即刻感觉到：这哪像茶，简直是汤嘛！玉露一点也不涩，有海苔的香气，茶色碧绿，含有大量的茶酚，异常美味。从此便上了玉露的瘾。

玉露是当今卖得最贵的日本茶。"一保堂"出品的以精美的茶罐装着，外面那张包装纸，是用宋体木板印刷出来的，媲美陆羽的《茶经》，美到可以裱起来挂于墙上。

当今我在家里，除了日常喝浓如墨汁的熟普洱之外，就是喝玉露了。

玉露有个特点，不仅不用高温泡之，还可以冷泡呢。通常我是抓三小撮的玉露，放进茶盅，再以Evian（依云）矿泉水冷泡，等个两三分钟，便可以倒出来喝了，口感比低温泡的更佳。我当今都是用冷泡的，君若一试，便知其美味。

关于日本茶，有很多人的观念还是错误的。

购入日本茶叶之后，最好是在开封后三个星期之内喝完。超过了这个期限，味道就逊色；再放久，简直不能入口。若不能于三周内喝完，要放冰箱冷藏。

至于日本茶道，那是一种修身养性的事，我们这些都市大忙人，偶尔看人家表演一下就可以——唐朝之后，中国人虽然发明了茶道，但是不肯为之了。

关于鱼——留学时吃的鱼生

到了日本留学，我开始半工半读，穷的日子一日三餐、三日九顿都是同样的一片咸鱼，一有钱就大吃特吃了。

寿司是最贵的，最初只选其中价贱的maguro，深红颜色。中国香港人至今还是瞧不起这种刺身，但是真正的日本海捕捉的"真鲔"（hon maguro），比从印度或西班牙运来的鲔鱼鱼肚toro还要有味道，吃时用酱油腌个把钟头，切片上桌，是高级食品，和日本人谈吃刺身，如果你说很欣赏maguro，他们会肃然起敬。

其实toro太油太腻，还比不上"缟鯵"（shima aji）。此鱼价廉物美，但并非太多人懂得吃的。日本人吃鱼，要切得整齐漂亮，把肚边最肥美的鱼油膏也扔掉，我吩咐师傅刮了那层toro肥膏，用火枪略略一烧，美味至极。

鲣鱼（katsuo）也能生吃，不过一定要把皮和肚子的部分用火烧一烧，曾经看到国内人士就那么生劏[①]来吃，有点儿恐怖，

---

① 粤语方言，意为宰杀，指把动物由肚皮切开，再去除内脏。

因为鲣鱼的皮和肚都有寄生虫,尤其是其腹,寄生虫长大了为一粒粒的黄疮,不烧是不行的。鲣鱼晒干后硬得像木头,我们俗称为"木鱼",木鱼刮出来的丝可煮汤或放在豆腐上面,一淋酱油,好像会动起来。

吃鱼生已是中国香港人生活的一部分,我对它很熟悉,其他的鱼就不赘述了,说些在留学时代尝到的稀奇古怪的鱼生。

在北海道有种叫"八爪"(hakkaku)的,鱼身真是呈八角形,八条凸起来的鳞骨,不看到也不会相信。此鱼剥皮后片成刺身,肉虽不多,但甚甜美。

同在北海道的有种石头鱼,名字叫为"goko",一生贴在岩石上,一动不动,不必游水,骨头退化,只剩软骨,斩成块状煮面豉汤,口感和味道都好。

样子奇丑的有称为"虎鱼"的"okose"。传说猎师上山,必带此鱼干在身上,因为山中有妖怪,叫为"丑女",猎师每当遇到她,就把虎鱼干拿出来,"丑女"发现有比自己更丑的,大喜,就放过猎师不去吃他。现实生活中,把虎鱼切成刺身,有股淡淡的幽香,十分美味。

说到丑,石头鱼"鮟鱇"(anko)也够丑。鮟鱇是一种奇丑无比的鱼,大的鮟鱇有五英尺[①]多长,身上骨头皆软,体面平滑

---

① 英尺:1英尺为0.3048米。

无鳞，潜伏于近陆之海底沙中，像个大枕头。我初到日本时在新宿的料亭外，看见用铁钩吊着一条鮟鱇，有半个人高。因为它全身软骨，离了水面后，肉的重量会把胆压破，整条鱼就要扔掉了，所以想吃到无损的鱼肉就只能吊起来存放。鮟鱇可吃的有七个部位：一、肝，可生吃或煮熟来吃；二、鱼翅；三、卵巢；四、柳肉（包括面部）；五、胃；六、鳃；七、皮。把鮟鱇各部位放入锅中煮，就叫"鮟鱇"（anko nabe）。

鮟鱇鱼头特别大，占胴体的三分之一，长着三条触角，靠蠕动来引诱小鱼。鮟鱇懒惰得不得了，动也不动地张开大嘴巴，等食物游进口中。日本谚语说"等待鮟鱇之饵"，就是说让人自动献身。

到了冬天，鮟鱇最肥，庶民小食店外就用粗绳穿过鮟鱇的嘴挂在铺外当活招牌，表示有鮟鱇火锅可以吃了。挂着的鱼，还要把水灌在鱼肚中，要是不注水的话，那么这条几十斤重的软骨鱼自己压自己，会把胆压破的，肉就不能吃了。

火锅是把鮟鱇乱刀斩成数百片，加上豆腐和白菜煮个稀烂，没有什么大道理。鱼肉很细腻，有人说吃起来像墨鱼，其实它比墨鱼还要柔软，但是这么软熟的肉最不容易消化，也是怪事之一。

鮟鱇最好吃的部分是它的肝，日本人叫"anko no kimo"，味道比上等的鹅肝酱还要好，因为太过油腻，我喜欢拌以萝卜丝和绿芥末吃。

日本料理中，到欣赏鮟鱇之肝时，又是另一境界。

叫作"manbo"的是"翻车鱼"，英文"sunfish"，名副其实地像太阳一样圆。尾部有两片巨翼，皮厚肉少。翻车鱼的刺身呈雪白色，有很独特的味道，吃惯了觉得不错，也可用面豉煮之，皮则是浸醋来吃。

谈回形状较为正常的鱼，日本人把三文鱼叫"鲑"，分为白鲑、红鲑和姬鲑。至今在河流中还能见到鲑鱼由海中游入产卵，但这时的鲑鱼已变异，下颚上翘，样子狰狞可怕，没有人敢去吃它了，除了灰熊。

日本人早知三文鱼寄生虫甚多，绝不生吃，多数用盐腌渍，切片烧之或煮之，那也是我穷时的主要食物。一拿到薪水就吃三文鱼子（ikura），新鲜的绝不齁咸，是天下美味。但很少能尝到精子，只在新潟县的"村中宴"上吃过一次，包括三文鱼头软骨，叫为"冰头"，用醋腌之；还有盐渍的胃和肠，一共二十二品。

三文鱼肚边的部位，叫"harasu"。从前切完扔掉，当今一袋袋地卖，最为肥腻，味又甘美，高级的寿司铺也会烧给你吃。从筑地鱼市买回来，不下油，就那么煎一煎，仙人食品也。

和鲑鱼一样游回溪中产卵的有夏天最清甜好吃的"鲇"，中国台湾人称之为"香鱼"。说也奇怪，活生生的鱼用手一抓，在鼻子上一闻，绝无鱼腥，还嗅到一股像青瓜的味道呢。

鲇鱼一般是烧来吃，相信大家都试过。稀有的是它的肠和肝用面酱腌制，叫"uruka"，那股苦味，吃起来非常过瘾。

讲到内脏，香港人最大的误会是把鱼子叫为"蟹子"，那种爽爽脆脆的口感，来自飞鱼。另外一块块很硬的日本人称为"数之子"，那是鰊鱼的卵。

鱼子最著名的是乌鱼，又称"鯔"，分为淡水鯔和咸水鯔。海鱼较大，才能制造乌鱼子（karasumi），日本人称之为"唐墨"，样子像唐朝时从日本进口的墨条。后来传到中国台湾，被他们发扬光大，一般人还以为是台湾人先学会吃乌鱼子的呢。

我吃过的最珍贵的鱼子，就是河豚的，那是用盐腌制的，要经过三年才能解毒的下酒菜，没什么特别之处，一味是咸。

河豚的做法当然不可不谈，先是用肉来煮汤，那种甜美，一吃就上瘾。奇妙的是，冷了也不腥。吃刺身的话，第一回觉得肉甚硬，没什么吃头，但到了第二、第三回，细嚼之下，满口甜蜜的津液，才知道大家为什么要拼死去吃。

罪过，罪过，我也试了鲸鱼。它一身是宝，皮下脂肪叫"贝根"，因像肥猪肉而得名。小肠叫"百寻"，胃叫"丁字"，肾叫"豆脏"，还有乳房也能吃，但是尾部的肉最美，不比toro差，才知日本人为何那么痴爱。

在日本还吃过数不尽的鱼类，生吃固佳，但用清酒和酱油来煮，并不逊中国香港人的蒸鱼，尤其是那尾叫为"kinki"的"喜知次"，皮下一层肥油，百食不厌。

还有数不清的鱼，不胜枚举。留学之后，我又到各国流浪，为拍戏工作，到海外吃鱼去也。

日本料理的最高境界，是天妇罗

日本料理的最高境界，是天妇罗

炸虾嘛，谁不会？中国人炸得比他们拿手。

这是没有吃到好的。我开始也那么认为，后来尝遍日本菜，结论还是天妇罗最为深奥。

综合了食材的新鲜、油的质量和温度，这样做出来的天妇罗皮薄又不腻。日本师傅说"炸"这个观念要改正，天妇罗是将生的食物变熟的一个"过程"。

好与坏的天妇罗，有天渊之别。

价钱一千日元一客，到每人两三万日元，是二三十倍之差距。

普通天妇罗用的不过是急冻虾，无味，肌肉纤维已经被破坏，虾肉被一层如棉被的面粉包着。吃的时候蘸寡淡的酱油汤，加点萝卜蓉。

吃了第一块炸虾之后，嫌它占肚子。

第二块浸在酱油汤中，干脆只吃里面的肉，让肥皮漂浮在汤上。

上等的天妇罗，先讲究油锅的厚度，锅愈厚温度愈恒定，但是锅愈厚也愈不容易控制得恰到好处。

材料全部是最新鲜的，鱼虾自然是活的，在寿司店已抢来生吃。

酱油汤并非把酱油冲淡那么简单，它是用骨头熬出来的原汁。萝卜蓉亦大有学问，就此入口也鲜甜，一点也不辣。

所用蔬菜只选合时者，所谓炸，是一种烹调方法，外面的面粉是用来保护包在里面的食物的，令它不至于被炸得太生或太熟。

吃好的天妇罗，已非价钱问题，主要是要去找资深的师傅，你付出的价格，是购买他们的艺术。

太多人问我日本的天妇罗店哪一家最好，我都回答说：你去"天一"吧！其实"天一"只是比一般的水平高了一点点。真正好吃的一家店叫"佐加和"（sagawa）。这家店已将天妇罗化成艺术，是全日本最高级的食府之一，全店只能坐八个客人。

佐加和在一条小巷子里面，门面破落，是座二十世纪三十年代的建筑物。去过之后，才知道是一种人生体验。

这家店所用的游水虾和鱼，都是从东京湾来的，甜品的蜜瓜甜到漏蜜，不符合这两个条件就不开门。东京湾的鱼已渐少，用的"kisu"（鳝鱼天妇罗）或"hase"一天只能争到五十尾左右。东京一千多万人口之中，每天也只有八个人可以品尝得到。新鲜的游水虾，更是不停供应，吃到饱为止。那么珍贵的材料准备好了，客人不来，损失不菲。

今夜再去，难得地看到还有一两个空位，问老板佐川和男，才知道经济不景气，一客两万日元的高级料理，也难做了。

天妇罗，烹调艺术的彼岸

重游日本，友人带我去东京银座的一家天妇罗料理店。

这家店店面破烂，在一家武术馆隔壁，我们一边吃，地面一边微震，是选手们被摔在榻榻米上时传来的。

最多七八人，已将整间店坐满。这家店的营业时间是晚上六时至十时，每晚只做两轮客人的生意。

老师傅态度慈祥和蔼，他自己已不动手，交给他的大儿子打理。我们正在怀疑这个下一代的手艺行不行的时候，他炸了一只虾摆在我面前，一看，如纸包着，面粉炸得透明，可见虾肉鲜红的花纹。

细嚼，一阵香味和一口甜汁入喉。虽说生吃的刺身最鲜，但怎么也比不上这艺术加工。

只要能吃得下，师傅便不断地给你炸，渐渐地，吃的速度变慢，奇怪的是打起嗝来一点腻味也没有。

炸完的虾被摆在白纸上,更不可思议的是纸吸不到油。

分量与价钱无关,这家店收的是人头费。

吃罢走出,老人深深鞠躬道谢,走至远处,还看到他目送,有如一个僧人,已达烹调艺术的彼岸。

镰　仓

众人到东京旅游，目的不同。

银座、涩谷和新宿已代表了相异的趣味。但是，还有选择，那便是镰仓。离东京一小时的车程，镰仓一年四季任何时间的景色看着都很优美。

如果有志同道合的朋友，一起在镰仓散散步，于落叶的庭园中吃些清淡的美食，参参禅，那种味道，不可多得。

庙宇中的佛像，表情宁静安详，在东庆寺中能找到。净智寺的古道和土地公的石雕，令人印象深刻。海藏寺的小湖，漂着睡莲；光明寺的释迦堂躲在岩谷之中；妙法寺有一条长石梯，长满了青苔。还有光触寺、净妙寺等，都是值得一游的。

镰仓不但庙宇优雅，而且餐厅也有禅味，但并非一定要食素，有鱼有肉，怀石料理出名的有"山椒洞"和"青砥"，西餐厅有"山本"和"牛奶大厅"以及"去来庵"，寿司则有"镰仓"，日本面食有"百苑"。但是，来到镰仓宗教气氛那么重的地方，最好还是吃斋。最丰富的有"门前"的素菜，一做可以做出数十种不同的菜品,称为五色:黄、绿、赤、黑、白;五法:生、煮、炸、烧、蒸;五味:辛、甜、酸、咸、苦。

镰仓的工艺品店也不少,艺术家亲手制作,寥寥数件,卖得很贵,但是有没有客人,他们好像不在乎。

和有点文艺气息的女友去镰仓的公园散步之前,最好学会认识几种花。夏天有像牵牛花一样的花,但是橙红色,叫"凌霄"。秋天一大片的芦苇,日本人称之为"薄"。现在过新年,最美的有"寒牡丹"和"福寿草"。到了初春,日本人还是把杜鹃花叫作它的古名"踯躅",非常别致。

小樽鱼市

我们从札幌乘小巴士,到渔港小樽。它比札幌漂亮得多,因外国文化的流入,小樽市极尽繁荣,从那个小博物馆的设计中看得出。

这里的人也亲切。抵达一个菜市看到各种鱼,大开眼界。

目前抓得最多的鱼是中国香港人叫作"银鳕鱼"的"tara",样子相当得丑,排列在冰上,翻过身来,露出肚下的洞,流着卵子和精子。

最初,肉是要扔掉的。以前的人只吃卵子和精子,它们很大,有柚子般大小,精子比卵子更为可口,像吃豆腐,但比豆腐香,一点也不腥,爱上了会上瘾。

我们看见一条怪得不能再怪的鱼,两英尺长,身形呈八角,每个尖端充满尖刺。问菜市场的人:"叫什么名?"

"就叫八角呀!"卖鱼的老太婆说,"你没吃过吗?可以生吃的呀!试试看?"

我当然点头,老太婆便在鱼档中生劏起来,手法纯熟,解几刀,起了硬皮,去肚。

"肚腩最肥,不能吃吗?"我问。

老太婆笑嘻嘻地说:"这尾鱼全身是油,用不着可惜。"

切成片后放在发泡胶碟上,加酱油和山葵递给我试,吃了一口。

啊,果然如广东人俗语所说的"肥到漏油",是我一生中吃过最美味的鱼肉之一。

"要不要吃另一种叫'gooko'的?"老太婆问完从档后拿出一个铁盆。

嘿,这种鱼比八角更丑,样子像河豚鱼,但是全身无骨,软绵绵地躺在盆中,把鱼一翻,手像接触到怪胎,非常恐怖。鱼肚中有个吸盘,叫"gooko"(查不出汉字来)。

"它是吸在岩石上生存的,吃海草过活。"老太婆解释后即刻劏了煮汤给我吃。

每块肉都像山瑞的裙,但更软更鲜甜,又是从未尝过的人生经验。

人家活到老学到老,我是活到老吃到老。

函馆朝市

函馆的鱼市场是全日本最大的,卖的海鲜应有尽有。一走进去,眼花缭乱,鱼虾蟹的售价是那么便宜,不知要从哪一种下手。

整个区由三条街组成,店铺外还摆着大排档卖现吃的,中间是一个很大的大棚菜市场。

鱿鱼和八爪鱼的产品最多。一包包的塑料袋中装着圆碌碌[①]的东西,原来是鱿鱼的眼睛。也能吃吗?买了一些来咬,并没有想象中那么硬,味道不错。

也想不到大八爪鱼的吸盘是可以一粒粒剥下来吃的,咬下去觉得很爽脆弹牙。

木盒里装的是海胆,多得不得了。买回去"啵"的一声打开,盖在白米饭上,也是相当豪华的早餐。还有一个个的生海胆

---

① 圆碌碌:广东话,即圆滚滚。

吃，小贩们把壳子剥开，里面有八瓣肥大的海胆膏。

"有没有酱油？"我问。

小贩说："不必放酱油。"

果然，就那么用匙子舀来吃，味道刚好，海水已有咸味，本身甜美，不必再加调味品。

另外一摊卖的是烤海胆。小贩们把海胆刺刮干净，变成一个圆球状的东西，再用利刀一削，去了三分之一的壳，放在火炉上烤。

不消一分钟就能上桌，海胆膏熟的发出香味，生的甘甜，就那么半生半熟地吃，味道又和刺身不同。

大排档一边有口大锅，小贩把一只只北海道巨蟹放进里面煮熟了来卖，剩下来的甜汤，加一点面豉酱调味，还有豆腐和豆卜，用它来就着海胆吃。这道汤有个很特别的名字，叫"佚炮汁"。

逛函馆朝市，千万不可以吃完早餐再去，否则肚子一饱，什么东西都买不下手。其实一面走一面品尝摊上摆着的试吃食品，也能饱腹。小贩们拿着一只只的蟹脚逼着你试，说不买也不要紧。回到旅馆，看见供货商的早餐，像麦记（即"麦当劳"）的汉堡包，没兴趣去碰。

寿司礼仪

中国香港的日本料理店开得那么多,但是有些人连吃日本菜的基本还没学会。经常有些问题,列举如下。

问:寿司到底要不要和酒一块儿享用?

答:世界上任何一种美食,有了酒,才算完美,寿司也不例外。但是寿司是由江户时代的一种快餐演变来的,寿司店不是又喝酒又聊天的地方。如果这是你的需求,请光顾居酒屋。

问:那面店呢?

答:啊,你说得对,中华拉面除外,日本面店是专给食客喝酒的,所以摆了好酒。近年来寿司店也进步了,开始注重清酒的品质。

问:吃寿司,是否一定要坐柜台才好?

答:坐柜台和师傅交谈,是吃寿司的另一种享受,很多高级寿司店是不设桌椅的。

问:那座位不是很有限吗?

答:所以更不应该又喝酒又聊天,屁股拉得太长的话妨碍人家做生意，吃寿司的礼仪应该吃完就走，别把座位占太久，店里没有客人的话，就另当别论，可以和师傅一直聊下去。

问：那么，不懂得讲日本话，不是很吃亏？

答：当今经济不好，生意难做。遇到外国客人，很多寿司师傅都会指手画脚地讲些英语。

问：为什么高级寿司店没有玻璃橱窗，看不到鱼？

答：玻璃器皿只是冷冰冰罢了，鱼虾最好放到一个桧木的箱里，再放到冰箱。虽然没有明文规定，但通常第一个木箱摆金枪鱼和鲣鱼；第二个木箱摆鲹鱼，还有虾，虾是看见有客人走进店里才煮的。

问：生客不一定吃虾啊。

答：是的，不叫的话，留着做套餐用。虾一定是吃不热不冷的，温温地上桌，才是最佳状态，最好的寿司店会做到这一点。

问：第三个木箱呢？

答：摆鱿鱼、缟鲹、比目鱼等，还有海胆。第四个木箱摆贝类，如刺贝、乌贝、贝柱和三文鱼卵。

问：为什么鱼和贝要分开摆？

答：有很多客人要求师傅拿给他们吃，不自己叫。师傅先拿出一块鱼和一块贝，观察他们抬手先拿哪一块，喜欢吃贝类的，再下去就多拿几块给他们吃。

问：我们已经知道，吃寿司分捏着饭的"握"和只是吃鱼虾送酒的刺身"撮"。两种吃法有什么共同点？

答：共同点就是师傅一拿出来，客人最好在三秒钟内把它吃光。鱼和饭的温度应该和人体温度一样，过热和过冷都不合格。

问：酱油要怎么蘸？

答：握寿司的话，手抓起来，打斜着蘸，饭和鱼都各蘸一点点。用紫菜包着海胆，术语叫"军舰"的，蘸底部就是。有些小鱼小贝，像白米饭鱼，它们是铺在饭团上用紫菜围住的。如果很容易散开，就要把酱油瓶提起，淋在鱼上面了。

问：有些寿司师傅用刷子蘸了酱油后抹在鱼上面，那样正不正规？

答：那是旧时的吃法，在大阪还很流行。是不是被酱油涂过的很容易分辨得出，看鱼片有没有光泽就知道。

问：有人说，吃鱼要先从淡味的鱼吃起，像比目鱼等，渐渐地再转浓味的，像toro等，有没有根据？

答：渐入佳境也行，先浓后淡也行，像人生一样。总之你要怎么吃是你的选择，别听别人的意见，别受所谓专家的影响。

问：第一次光顾出名的高级寿司店，要怎样做才好？

答：走进去就行了，日本没有什么预约的传统，除非店里指明一定要预约。不过，第一次去有预约也好，让寿司店有个迎接外国客人的心理准备。请你入住的酒店服务部替你订位就好了，可以预先指定要坐柜台的位置。

问：不知价钱，怎么做预算？

答：寿司分三个叫法：一、omakase，那是交给师傅去做的；二、okonomi，那是客人自己点的；三、okimari，是定食，通常分松、竹、梅等级数。请酒店服务部替你问明套餐价钱，自己想吃多少付多少，就有个预算了。

问：要怎样才能成为熟客？

答：当然要去得多呀。第一次去，和哪一个师傅有了沟通，就向他要张名片，下次叫酒店订座时指定要他服务就好了。

问：听说有些店是不欢迎外国客人的。

答：以前生意好，挤都挤不进去，那倒是真的。当今这种经济形式，公账开得少了，自己够钱来付的客人不多。能进来消费的，店里高兴还来不及，哪有不欢迎外国客人的道理？

正统的寿司

日本人吃鱼生，已有久远的历史，但是论及吃寿司，也不过是这两百年的事，是怎么诞生的呢？

文献中最初出现的"鮨""鲊"等几个字，是由中国传去的汉字，是将鱼腌渍的意思。原始形态的寿司叫"驯脂"，是在水中耕作的农民想出来的保存鱼肉的方法，用米饭包着鱼腌制，从数日到一年，发酵后产生酸性抵抗腐烂，还有一股很强的臭味。这种腌制法当年在琵琶湖附近还能吃得到，进食时将米饭洗掉，只吃鱼肉，称为"鲋脂"（funazushii）。

江户年代，民生渐渐富裕，认为吃鱼生的话，愈新鲜愈好，就形成了当年我们吃的，把醋放进饭中，搽点山葵，铺上一片鱼肉捏出来的寿司了。寿司这俩字完全是从发音来的硬加上的汉字，念为"sushi"，前面那个"su"，是醋的发音，后面的"shi"，取自米饭"meshi"后一半的音。

用手捏的，日本称之为"握寿司"（nigirisushi），也叫作"江户前寿司"（Edeomae sushi），因为江户就是东京，在东京临近的海湾抓到的鱼，即劏即握即食。这种吃法流传至全日本，甚至海外，都叫作"江户前寿司"，是东京人独创的，关西人都折服，不敢以大阪或东京寿司称之。

寿司店和其他餐厅，气氛完全不同。最大的区别是大师傅对着客人服务，回转寿司当然没有问题，光顾惯了的香港铺子也能应付，要去一些老店、名店，不懂日语的话，还是感到格格不入，不过只要严守着几点原则便无往不利。

一、先行订位。请酒店的服务部做这件事。寿司的材料因季节变化很大，可能有意想不到的价格出现，打电话订位时可以问好预算，特别是你和老友同往，当面问价钱是不好意思的。而且，不订位的话有时要等很久，有些一流的地方，即使有位，也不做你的生意。

二、有些寿司店会有二至四个人的座位，但吃寿司，面对着大师傅坐在柜台前，才是正统。订座时指定counter，走进店去，等侍者安排。或者，见有空凳，把椅子拉一拉，看大师傅的表情，他说声"请"（dozo），坐下可也。

三、寿司的叫法有三：甲，omakase，是大师傅选出当店最好的食材切给你吃，店方主动；乙，okonomi，是客人主动，喜欢吃什么叫什么；丙，okiman，也就是所谓的"course"（定食菜）了，通常有松、竹、梅三级的选择。甲最贵，乙次之，丙则有个预算。选了其中之一后，记得要声明是"握"（nigiri），或者是"刺身"（sashimi），前者有饭，后者无。"刺身"亦可叫作"tsumami"，是送酒菜的意思，一喝酒，当然就不吃饭了。

四、酱油的点法也有讲究，有饭团的话，把鱼肉反过来蘸一蘸，如果是海胆等包着海苔的寿司，则点其底部也可蘸酱油，像白米饭鱼之类的容易掉落，就把酱油淋上。吃刺身的话，用筷子夹一点点山葵铺在鱼肉上，再蘸酱油。山葵溶入酱油的吃法，一被大师傅看到，便知你是外行，不受尊敬了。

五、从哪种鱼或贝类吃起？原则上，应从味淡吃到味浓，刺身肉的颜色分为白身和赤身，前者味淡后者味浓。但是，付钱的是你，你最大，要从浓吃到淡，大师傅是不介意的。

六、有些人吃了几次寿司，学到一些专门用语，像最后喝的茶，叫作"上"（agari），就拼命乱用，反而被人看轻。"agari"只是店方叫的，我们乖乖叫回"茶"（ocha）吧。

七、生姜，是为了消除口中的残味，生姜发音为"shiyoga"，但你用寿司店俗语称"gari"，也是可以接受的。

八、至于酒，最多喝小罐的两瓶。日本人说，如果你想喝酒，那么去荞麦面店好了，寿司铺是吃鱼的，不是喝酒的。好了，如果你单单说一声"酒"（osake）的话，那么店里一定煲热给你喝。"冷酒"（reshyu）是夏天的恩物，但去到寿司店，也不是正统的饮料，切记勿叫之。向大师傅要"nurukan"好了，这是不烫又不冷的酒，吃寿司时的最佳温度，只有老饕懂得，你这一出声，所有日本人即刻肃然起敬。

九、付账。有些寿司店是不支持用信用卡的,所以在订座时得问清楚。

既然是"江户前寿司",在东京吃最为正统,而银座区的消费力最强,有些店,像"久兵卫",每人得花五六万日元,不值得光顾。

鱼市场附近的筑地,每一家做的都有水平,价钱也便宜。学习以上诸法,再到第一流铺子去吧。

万国屋

上

朝着海的方向走去,一路上可以看到水面突起了尖形的大岩石,都是火山爆发后造成的,有的一连两座,日本人用绳子把它们连起来,结成"夫妇"。

这次旅行的主打是入住"万国屋",它被温泉业者誉为全日本最好的旅馆之一。

创业以来已经三百多年,那块木头招牌经风吹雨打,字迹已看不清楚,当今被珍藏在有五层楼高的大堂中。

新建筑能多豪华就多豪华,这是日本在泡沫经济未爆发之前的奢侈,银行拼命借钱给你,鼓励你把一切做得愈大愈好。最后,大家都穷了,银行倒闭,旅馆还好,能够维持下去。

房间怎么样?宽大舒服。温泉呢?室内的和露天的皆备,够大,够气派。

一般温泉旅馆都由女大将[①]管理,这一家是个男的,叫斋藤,五十几岁了,做事很有魄力!

"晚上吃些什么?"这是我最关注的。

"吃得饱。"他回答。

"到底有什么?"

"吃得饱。"他重复答案,非常自信。

"如果一连两晚呢?"

"不同食物,吃得饱。"

泡完温泉外出散步,旅馆的对面就有条小川流过,这村子的人搭了一个小竹台,让游客坐在上面,可以把脚伸入河里浸凉嬉戏。日落一片红,反射在溅起的水花上。

我一向不太相信别人说的"饱"这个字,我们的团友也很少人"认识"这个字。好家伙,今晚这一顿不只丰富,食材也高级,不得不服了这个叫斋藤的经理。

下

很安宁地睡了一夜,第二天一早起身,为了赶去看当地的"朝市"。

[①] 女大将:是指饭店、旅店、酒馆等的女主人。

才六点多，斋藤已在门口等我。他手上拿了一袋面包皮，说："我是野鸭的爸爸，每天要向它们说早安。"

拍拍手，数十只野鸭游近，争着来吃。这现象也变成吸引游客的一个环节。斋藤说："到了秋天，一大群大鲑鱼游来产卵，是个奇观。"

"没人抓来吃吗？"

"已经老了，肉很硬，产了卵就死，最好是养一群野熊来吃它们。"斋藤好像又有新的主意。

我们往高山走去，看到一个"足汤"，用大理石修出来，让游客坐着用温泉来泡脚。我问："政府做的吗？"

"都是我们乡里的居民出的钱，打扫也是自愿的。"

路过看到的一些建筑物都很古老，商店招牌用的是明治时代流行的字体，卖香烟和杂物等，像时光倒流。

朝市是由一群妇女带着农产品来卖的市场，清晨五点钟就开始。其他县郡的都在露天摆档，但山形这里在山边建了一个凹字形永久性的外卖摊，一共有十几二十户，都由七老八十的农妇经营。

"来试一试我亲手泡的甜瓜。"其中一位慈祥的妇女说。是电视剧中常见到的人物——等待着儿孙回家吃饭的祖母形象。

另一位养有一只大花猫，肥得不会走路，看样子有点可怜，那妇人好像听到了我的心中话，说道："我会替阿花做运动的。"

每一个摊子的主人都和客人聊几句,是这群老妇人的人生乐趣。

　　"为什么只剩下女人做买卖,那些男人到哪里去了？"我问。

　　女摊主往高山一指,于半山中看到野坟。

　　"那里！"她微笑着说,没带苦涩。

最上川

到了山形之旅的高潮，游最上川。

这是日本三大急流之一，两边的高山有无数的小瀑布，集了雨水而成。

在抵达码头时，观光局的阿部先通知船只的老板，他已准备了天冷时的装备给我们看：舟边用透明塑料，船中有一张桌子，盖着大棉被，里面生火，让客人暖脚。船后，又烧起鲇鱼（ayu）来。

"有没有'十四代'可喝？"我问。

"啊，先生，原来您也知道这种清酒！我们一定会为您准备。"番头说。

番头，是坐在小舟前面的船夫，负责招待客人、解释风景，偶尔也唱几首歌。划船等粗功夫，倒由船后的舟长去做，但当今这些工作也改用马达了。

从上游乘船，车子由专人驾到终点，可以不必走回头路，整个欣赏美景的航程是一个小时。现在是夏天，两岸树木的叶子碧绿，看树的品种像是杉，但杉树干又没那么直，原来是野生的。

"其实，春夏秋冬之中，是夏天最不美，只有一片绿色。"番头说。但那么酷热之中，轻舟漂下，感到阵阵的凉风，清爽得不得了，像秋天多过夏日。

"其他季节呢？"我问。

"秋天有红叶，最美。"番头说，"而且天气最好。从车子上看红叶，太快；走近去看，又显不出浩荡。只有坐上这种小船慢慢欣赏最适宜。冬天看，印象当然最深，两边的高山被白雪覆盖着，我们这只船是唯一的黑色，简直置身水墨画之中。"

"不怕冷吗？"

"当然要让客人感到温暖，不然怎么会有回头客？"番头说。

"你们船夫，感觉这里最漂亮的季节是什么时候？"

"春天。"最上川的船夫说，"我们最喜欢春天了。"

"因为百花齐放，又有樱花？"我问。

"樱花很美，但太短命。"他说，"其实到了春天，这里也一片红。"

"不是因为枫叶变色？"

"不，杉树长出幼嫩的叶子来，太阳一照，是红色的。"

"你真会说话，让你这么一讲，春夏秋冬我都想来。"我笑了。

到了终点，船夫深深鞠躬，细声叮咛："一定要回来看我们哟。"

日本的乡下人就有那么一股热情,做生意时尽力服务,让客人感受到他们给的那种温暖不是假的。

本来这次来山形县探路,是准备圣诞节带团来的,现在已经等不及,在秋天先办一团活动:看红叶、泡温泉、吃水蜜梨。

问题是,山形县的交通是不方便的,从东京或大阪去,坐巴士是不必考虑了,路途太长。内陆机的班次比理想的差,往返机场都要花时间,只剩下新干线这一条路最佳。

秋天来时,先飞东京,吃一大餐牛肉,在帝国酒店住一晚,翌日乘新干线,三个钟头后抵达,也算快的了。

到了山形,先来三元豚宴。入住有果园、可以任采水蜜梨的"泷之汤",享受旅馆大餐。

翌日再往海边去,来一顿海鲜大餐,饭饱,游最上川,到百货公司买东西,入住最佳旅馆"万国屋",晚餐最为丰富。

第四天乘新干线回东京,住银座的东方文华,购物也很方便。这几天下来吃了太多日本餐,不如来顿别开生面的中华料理吧。用的是日本食材,煮的是中国手法,由日本著名的大厨、我的老友亲自下厨,炮制排翅。

第五天返港之前再来一顿螃蟹餐。这个水蜜梨和红叶之旅,不错,不错。

神户飞苑

世界上的好餐厅，屈指可数的，有日本神户的"飞苑"，由一位叫蕨野的人当老板。一共有两家店，开在偏僻一点的地区的，由他太太经营，专卖烧烤神户牛肉，生意滔滔，月前已一再扩大。

蕨野自己在神户最热闹的三之宫区一座大厦的楼上，主管另一家店，只招呼熟客，干脆连招牌也不挂。地方很小，柜台只能坐几个人，其他厢房再有二十多个位子罢了。"再多就招呼不到，水平也保持不了。"蕨野说。

我八年前第一次去，坐的是柜台，蕨野亲自招呼，从最高大的芦苇上撕下一片叶子，铺在备前烧盘上。盘子巨大，每人一个的话，柜台连八个也放不下，只可服侍六七位左右。接着把新鲜莲茎斜切，一片片摆在芦苇叶上，当成底垫，但也能食之。

第一道菜，从食材箱中取出牛舌——已经在冰箱中发酵了十八天，发出的酵素令肉质优柔——切成薄片。"牛舌也吃刺身吗？也是神户牛？"我问。"嗯，"蕨野说，"不过不是神户牛。神户是个大都市,不养牛,不过神户每年举行一次比赛,周围的农村拿肉来参赛,看谁胜出。赢得最多的地方叫三田,所以我们都不叫神户牛而叫三田牛。三田牛的肉虽然最好,但是牛舌这个部分,反而是澳大利亚的妙,这是澳大利亚牛舌。"

牛舌刺身怎么吃?蕨野由身后的冰箱(名副其实的冰箱,木箱子内放冰块的老式厨具,不是电动雪柜)取出一罐一公斤的鱼子酱来,我一看是正牌伊朗货,他不吝啬地舀了一匙,用牛舌包起来送到我面前,鱼子酱带咸味,什么酱料都不必放,就那么送进口。一嚼之下,是天下美味。

把最金贵的三田牛,用叉烧的做法烧出来,切成小块送酒。酒可选红餐酒或日本清酒,蕨野说好的清酒应喝冷的,从柜台拿了一瓶私人酒庄的限定版,清甜无比。

接下来就是刺身了。蕨野热爱旅行,他到日本寻找最高级的海鲜献客,那晚吃到的是真正的日本金枪鱼,maguro也比其他国家送来的toro好吃。鲍鱼刺身,一点也不硬。伊势湾的龙虾,非常鲜甜。

最后是主角三田牛。蕨野说:"是得过奖的。"很厚的牛肉用备长炭烤出来,我旁边的一个客人问:"可以生吃吗?"蕨野即刻用刀切下一个四方块给他。我也要了,口感及香味,不逊金枪鱼的肚腩。

从来也没有吃过那么柔软甘香的烤牛肉,是蕨野在三田自己的农场拿来的。"据说你们的牛要喝啤酒、按摩、听音乐,是不是真的？""真的。电视台来拍摄就是真的。不来的时候有啤酒，我自己喝。"这句名言，出自蕨野。"那怎么能辨别是最优质的牛？""看牛的祖宗三代。"他太太经营的店外，贴着政府的证明书，还印着牛鼻子，像人的指纹，牛鼻子只只不同。

好酒易下喉，不知不觉已醉，蕨野手抓数把小蛤蜊，也不加水，就那么去煮，流出来的汁，最能解酒。埋单，收两万日元，合1400港币，包括酒钱。"好东西，卖得太贵的话，客人就不回头了。"他说。"有得赚吗？"我心算他的食材成本。"冬天打和，夏天有点盈利。不要紧，反正我老婆那家烤肉店有收入，我当成玩好了。"

玩，是蕨野的事业。他拥有几辆最新型的法拉利跑车。到拍卖行入红酒，也舍得花。神户大地震时毁掉几百瓶，眉头也不皱一下。

瘦小的蕨野虽然已经五十多岁，但看着年轻十岁，他常带我到日本各美食区及温泉地带露面，我带法国和意大利的旅行团，蕨野也时来参加，我俩因此成为好友。

许多归化日籍、用了日本姓氏的韩国人，从来不提祖宗来自何处，蕨野没有这种自卑感，当自己是地球人。他旅行到澳大利亚，也曾经留了下来，教当地人养和牛。

和蕨野一起去他太太那家店，在门口就看到一个大火炉，烧着大量的备长炭。他为了购买最好的炭，亲自到炭窑工作，连眉毛也烧光了。

"备长炭火力最猛,也保持得最稳定。不易熄,也不爆裂,是优势。我如果用普通炭,一年可以省下一百万港币,但是做餐厅生意,这儿省,那儿省,就省出一个屁来。"他说。

我们吃的,先来一碗牛肉汤,里面的菜都是他自己种的,白米饭也是,禾种得疏,害虫让风吹了掉在水中,不受污染,所以米粒不必磨太多就可以炊出香喷喷的饭来。牛肉三百克,乍看之下不多,但是很少看到团友吃得完的。一大片肉切成数长条,在炉上自己烤。蕨野说,凡是别人烤的,一定不合己意,这种吃法最佳。

蕨野一到香港,我就带他去九龙城的新三阳买火腿,到金城去买鱼翅,他也做一手中国菜:"但是没有好材料是不行的,一个料理人,要懂得尽量少显手艺,把食材用最简单的方法煮给客人,才是最基本的道理。"

大渔河豚

"大渔"在向岛,离开浅草还要十几分钟的的士路程才能到达。地方非常难找,但是物有所值。

一进门就看到到处挂着的河豚灯笼,肥胖的大师傅笑脸相迎,他的样子似曾相识。这家伙非常风趣,要是你是第一次光临,那他一定会在你面前刨河豚示范,并咧开嘴说:"今晚,来场真人表演live show!"

说完他伸手入水箱,找出一尾肥大的"虎豚"来,然后用指头拼命去挤那河豚的肚子。它马上胀大成一个圆球,身上的刺都露了出来。

"河豚也怕痒,这一尾一定是母的。"大师傅的嘴角有点笑意。

两三下子,他便把鱼切开。

"河豚每个部位都能吃。"他说,"除了肝脏有毒之外。但是,其实它的肝是最好吃的。"

接着他把那整张鱼皮扔给他的助手,助手们用刮刀将那只有一二厘米厚的皮破成两层,外层带刺,内层最为爽口,有些老饕喜欢吃皮多过吃肉。

"单单这切鱼皮的手艺就要学三年。"大师傅悠然地说,"刨开这层皮不能用手的力气,而要动腰,扭呀扭呀,像跳舞。"

切完了皮,开始准备当晚的河豚全餐,一共有十款:一、白灼葱丝冷盘;二、皮;三、肉刺身;四、精子刺身;五、鱼脑;六、鱼肝;七、烤鱼春;八、烤鱼排骨;九、炸鱼;十、河豚生窝及粥。

喝的酒是用河豚鱼翅烤个半焦,在热烫的清酒中泡制而成的,发出浓郁的香味。要是客人不喜欢鱼翅,则以热清酒白灼精子,整杯乳白色,一口灌下。

酒瓶也做成河豚的形状。

烤鱼排骨很新奇,大师傅把骨头斩得一方块一方块的,鱼本已"寿终正寝",但是连在骨头上的肉还一直在抽筋似的蠕动,一大盘摆在客人面前,看得我们心惊肉跳。

日本近年来的法律是规定不准让客人吃河豚肝,它只要四十克便能毒死五万六千人。大渔的师傅艺高人胆大,把整大块的肝冲水,一冲须五个小时以上,将部分剧毒减到最轻,最后切下如指甲般的一小块来给客人尝试。

这一小块东西,要苦苦哀求大师傅才肯做给最熟的客人吃。入口细嚼,先有点吃肥猪肉的感觉,接下来一阵香甜,比起最高级的金枪鱼肚腩还要好吃一百倍。吃完口中被微毒麻醉，要连吞好几口老酒才恢复，到现在才明白什么叫"拼死吃河豚"。

通常要是大师傅答应让你吃鱼肝时，他会要求客人最后才入口，因为这一味东西要是吃了，再吃其他的东西都感到逊色。

"白子"不是鱼卵，而是鱼的精子，虽说有壮阳作用，但是生吃没什么滋味，烤熟了又不同，又柔又腻，香喷喷的，非常鲜美。

连带骨头旁边的肉也是最甜的，鱼排骨烤过后肉较硬，用手将肉撕出下酒，再也不肯吃什么鱿鱼一类的便宜货。一尾鱼只有一粒米大小的鱼脑，大师傅也细心地挖出来让客人享用。吃河豚每一个部分皆有层次，鱼脑的味道介于鱼肝和鱼春之间。

几道菜下来肚皮已发胀，以为饱得再也吃不下去的时候，大师傅已经把河豚火锅准备好。他先用小酒杯盛了清汤，撒上一点葱花，这一口喝下去香甜入肺，又勾起你的食欲，令人不得不再次举筷。

吃完火锅里的鱼肉、豆腐、白菜等之后，大师傅将鱼骨头等剩余的东西捞起，放入白米饭，再打两个鸡蛋，煮成河豚粥，不管怎么饱还是有胃口吃一大碗，饭粒差点从你的双耳流出。女性顾客多数是吃不完，把鱼打包。大师傅笑嘻嘻地说："河豚是世界上唯一一种冷了之后吃也感觉不到有任何腥味的鱼。"

"你的脸我很熟,到底在哪里见过?"客人临走时问大师傅。

他又笑嘻嘻地再吹了一大口气,鼓着双颊。

原来,他长得和河豚一模一样。

鳗鱼屋野田岩

在东京谈完公事后,到一家叫"野田岩"的老铺去吃鳗鱼。通常我去"竹叶亭"的银座本店,其他地方很少光顾,这回专程驱车前往,就是因为听到很多日本的老饕的推荐。

日本的每一个县,每一个村,都有一家古老的鳗鱼餐厅,只有这个行业做得最持久,也没有什么新店开来抢生意。东京地区的鳗鱼店最多,佼佼者有中央区的"竹叶亭"本店、千代田区的"神田川"本店和台东区的"前川"等,但要论最佳,还是港区东京铁塔附近的"野田岩"了。

从幕府末年到明治初期,野田岩已被选为三大最佳食府之一,自开业至今,已有一百五十多年。现在的店主金本兼次郎是第五代,今年八十多岁,他至今还是早上四点起床,在店里劏鱼。他的技巧和对后代的教导,令他得到"现代的名工"的头衔。这个头衔是政府封的,相等于"人间国宝",不知他儿子能不能把这个封号接下去。

乘地铁的话,可坐日比谷线,在神谷町下车,或坐大江户线到赤羽站，再走几步就能抵达。整个店像一个江户年代的仓库，掀开门帘走进去，一切陈设古色古香，有如时光倒流。

楼下是大堂，二、三楼单独为室。吃鳗鱼饭嘛，应该依照传统坐在榻榻米上慢慢品尝。好的店铺叫完餐后才生劏蒸熟，然后烧烤，需花时间，上菜之前客人吃各种小食就酒。

店主说货源来自霞之浦、利根川、九州岛的有明海等地区，而且是在河与海交界的半咸淡水域中钓到的，夏天特别肥美。

除了加酱油去烧的鳗鱼，还有白烤的鳗鱼。等待时，店里先给客人鱼冻、枝豆和炸鱼下酒。也供应了鱼子酱，高级的，不咸，蘸点酱油和山葵吃，又是另一番滋味。用香槟搭配鳗鱼，也配合得极佳。五月到十月之间，有土鳅锅。土鳅很肥，皮也厚，像小型的鳗鱼。

好家伙，鳗鱼连法国人也吃得津津有味，把他们请去巴黎开店，就在名店街上。

叫了鳗鱼，等个四十分钟之后才能上桌，金本笑着说："古时候的鳗鱼店，看到客人来到才开始劏，他们喝两三瓶酒，耐心地等待，是常事。现在的客人不耐烦，骂说：'要等四十分钟，为什么要等那么久？'我脾气好，只是笑；遇到我老婆，可没那么好脾气，她会回答：'一个客人四十分钟，你们一共来四个客人，要等一百六十分钟呢。'"

"是要那么久吗？"我问。

"要先把鳗鱼蒸了，再放在炭上烤，待皮和肉之间的脂肪烤到全熟为止，要翻三十六回。一边烤一边淋上酱汁，四次左右。也不是死规定，靠眼睛去看，看到颜色漂亮发光；靠鼻子去闻，闻到脂肪滴在炭上的香味够格为止。"

我仿照古人，喝两瓶酒等待。这里用的瓷瓶套在烫温碗中，有绍兴人的雅致。好久，鳗鱼上桌。先是白烧，叫作素烧，也称"志罗烧"（shirayaki）。再来蒲烧，那是淋过酱汁的。吃进口，满嘴香味，肥腻得不得了，肉质细腻之中带点儿嚼劲，不像其他店的那么软绵绵。

"是不是不同？"金本说，"我们用的是野生鳗鱼，当今日本的鳗鱼，有百分之九十九是养殖的。"

"野生鳗鱼那么难找吗？用的是哪里的？"

"来自茨城县的霞之浦，每个星期跑遍十家批发商，一家四十公斤，少的时候，只有二三公斤，那种感觉，只有用'顾忌'两个字来形容。"

"有没有休渔期？"

"有，一月到三月，没的供应，我们也只好用养殖的了。"

看到筷子套上写着："天然鳗鱼只在四月到十二月才有，有时鳗鱼肠中会藏着铁钩，食时请小心。"

至于入冬的十一月下旬到翌年四月上旬为休渔期，唯有采用养殖鳗鱼代替，写得清清楚楚，绝不欺骗客人。

吃过天然和养殖的鳗鱼再比较，才分辨得出肉质的鲜美和幼细，不试不知。

"日本人把立秋前十八天叫作'土用の丑の日',说那天最热,是吃鳗鱼最好的时候。那么热的天气,吃那么肥腻的东西,还说对身体好,有什么道理?"

"我也不知道,反正古人那么说,就那么听了。对宣传是好事。"他笑着回答。

第一次看到"野田岩"(Nodaiwa),是日本名人白洲次郎传记中的记载。吾生已晚,没机会见这位一早留学欧美的公子哥儿,只由他的儿子——"东和"公司的老板带去,印象极佳。

"白洲先生还带了很多日本政要和外国贵宾来呢。"金本回忆,"我还以为洋人不懂得欣赏鳗鱼。"

"你最后在巴黎也开了一家吗?"我说。

"嗯,我喜欢法国,一年总要去一次,又爱他们的红酒,我现在店里存了很多。后来和家里人说要在巴黎开,他们都以为我疯了!"

"法国的店我也去过,生意不错,鳗鱼从日本运去?"

"不,用荷兰的,那边湖很多,都是野生的,有时比日本的还要肥大。"

鳗鱼鸡蛋卷又上桌,碟中三大片,卷在里面的鳗鱼很大块,鱼油透进鸡蛋中,下酒一流。接着是烤鳗鱼肠和肝,爽爽脆脆,苦中苦的滋味用文字形容不出来,那就再来一碟。

"撒点山椒粉吧。"金本建议。山椒粉就是我们的花椒粉,又麻又有点儿辣,用日本的新鲜山椒粉来炒麻婆豆腐,是一绝。

"还有什么珍味？" "珍味"是所有鳗鱼店的拿手秘籍，家家不同。金本拿出鳗鱼苗蒲烧，叫作"ikadayaki"，那么小的鱼，连骨细嚼，不错不错。

"在巴黎买了伊朗鱼子酱，用鳗鱼包着吃，你试试看。"的确是珍味，最后上的是茶碗糕，鸡蛋蒸着鳗鱼和鱼翅，金本说："跟中国人学的。"

酒足饭饱，捧着肚子走出来，金本亲自送客，远望着我的背影。

鱼中香妃

在日本，代表夏天来到的，是鲇。

鲇（ayu），是鱼中贵族，鱼中香妃。试问哪一种鱼没有腥味呢？天下唯有鲇了。不仅不腥，还带西瓜和青瓜的味道。什么？你不相信？别质疑，有机会抓一条细看之后放回水中，一闻双手，真的，竟然有一股青瓜的香味，神奇至极。

手掌般长、香肠般粗的鲇，野生的灰中带着金黄色，非常美丽。"鲇"自古以来被日本诗人歌颂，最得他们的欢心。你到日本旅行，也会看到在清溪之中有很多人垂钓，所用的钓竿数十至百万日元不等，钓者都能花钱购买。

大家都钓，鲇不会被钓到绝种吗？不，他们不禁止撒网围捕，大家也知道够吃就算了，也没有看过用鲇做的咸鱼，最多是将钓得过多的鱼放在冰箱之中，在其他季节解冻享用。

但是人类干扰自然的事不断发生，当今还有，见到了就吃几尾吧。鲇极爱干净，水一脏就死，我每次吃都担心再过几年就吃不到了。

最典型的吃法，是把鱼弯弯曲曲地用竹签穿起来，撒上细盐，放在火上烤。鱼极肥，像叉烧一样，带肥处可以烤成黑色。烤好之后抽出竹签，放在碟上，这时看到的鲇，形态若生，像还在游水，不过只有高手才烤得出这样的形状。

吃时用筷子在鱼背上轻压几下，然后折断鱼尾，抓着鱼头一拉，整条鱼骨就能抽出来。最初失败，但尝试几次后就学会，不是什么高难度。日本朋友看见你这种吃法，一定大赞。

日本人吃鲇时喜欢蘸一种海藻盐水加醋的酱料，我不爱吃醋，从来不点。烤时已加盐，够咸了，酱油无用。

掀开鱼皮时，看见鱼背和近肚处带着半透明的脂肪，可见此鱼极肥。鱼本身洁净，烤前还把鱼肚一捏，确实全无杂物。烤后，整条鱼都可以吃，骨头也不太硬，细嚼即可。内脏也不清理，这是此鱼的特色，吃起来甘香无比，还带甘苦，是百食不厌的滋味。

近年也有养殖的鲇出现，来自中国台湾的居多，返销到日本去，虽然比野生的肥大，但全身灰色，已失金黄，味道如嚼发泡胶。看到路边卖得很便宜的，避之，避之，吃了印象完全被破坏。

鲇的做法除了盐烧之外，变化无穷，但很少有地方可以吃到鲇刺身，毕竟鱼太小，没有多少肉可吃，而且日本人迷信淡水鱼的刺身只有鲤鱼可吃。

多年前去日本友人的龙神乡下做客，她父亲拿出用鲇内脏腌制的酱让我品尝，苦苦甘甘、咸咸甜甜，非常美味，至今难忘。我以为只有家庭里私制才有，后来在百货公司的食品区发现有现成的商品出售，用卵巢渍成的叫"uruka"，用精囊渍成的叫"shirauruka"，下酒极佳，有兴趣的话，看到了可买来一试。

尚未长成的鲇叫"wakayu"，食指般大，骨头软，可整条吃下，通常在高级的天妇罗店才拿得出来。在夏天看到了这种鲇，就可以相信这家天妇罗的水平，否则大概率不入流。

鲇这种鱼中贵族遍布于中国和韩国，但去这两地，甚少看到有大厨用它入肴，更不必说有专门的店了。

在外国更是少见，让洋厨子发现了这种食材一定吃惊不已。在日本的西洋料理餐厅，师傅也会用南洋方法烹调，像用牛油来煎，用老醋来渍。鲇如果落在意大利或西班牙大厨手上，更会用盐巴包住来烤吧。

到底是日本人拿手，他们的鲇饭极美味。那是把白米浸多个小时，加木鱼汤汁，最后在米上铺上十几尾的鲇，炊出来的饭。不管用电饭煲还是用砂锅，均好吃，当然不会把鲇的内脏除去，少了苦味，鲇就不是鲇了。

更有一种非常特别的做法，就是煮味噌汤，在盛产鲇的季节，也是水蜜桃正成熟的时候。我组织的水蜜桃团，便会去冈山吃，那里有家叫"八景"的温泉旅馆，面临着山溪，岸边挖几个窟，温泉涌出，让大家浸着享受，男男女女都可入浴，我们在旅馆窗口望出去，看到一群像儿童的大人在嬉水。

到了晚上，女大将出现，样子很像一个叫朱茵的女演员，她带着大厨做这种鲇料理时，有一个仪式：先由大厨捧出一个大木桶，里面游着上百尾鲇，是从旅馆前面的溪涧钓到的，然后让客人去抓，抓后叫大家把手一闻，果然是青瓜味，最后才一尾尾、活生生地放入大锅的味噌汤内煮。虽然有点残忍，但鱼无神经线，感觉不到疼痛，又牺牲生命让我们尝，也值得。

煮出来的鲇，和那碗汤，是仙人的食物。

乌鱼子

日本有三大珍珠，那就是云丹（海胆）、揆子（海参的卵巢）和唐墨（乌鱼子）。

乌鱼子，顾名思义是"乌鱼mullet"，也叫鲱鲵鲣的鱼卵（roe），雄性鱼类的精子叫"soft roe"，雌性鱼类的卵子较硬，故叫"hard roe"。

乌鱼子的处理方法是拿日本清酒抹干净，放在火上烤，外层略焦、里面还是很柔软的状态最可口。

日本人之所以叫它为"唐墨"（karasumi），是因为乌鱼子的样子像中国过去传的墨，通常是"非"字形那么横切或细片来吃的，这是家里的吃法，可以切很多片。

再切同样大小的生萝卜，一片乌鱼子配一片萝卜，就那么吃起来，香得不得了。

从前我们去中国台北的酒家，吃法就不同了，不是家里那种片法，而是像潮州人片响螺那么把刀摆平来片，片出来的乌鱼子有手掌般大小，吃起来才过瘾。在酒家之中，比起其他消费，乌鱼子算是便宜的了。

最初接触乌鱼子，并不知道是什么东西，台湾人又拿来送礼，一闻有股腥味，就那么放在一边不去碰它，过了一些时候，外面发了一层白色的霉，扔进垃圾桶丢掉，实在暴殄天物。其实那层霉可以用白兰地等烈酒抹掉，照样可以吃的。

没有烤鱼工具时，一般人会用一个平底锅，下点油，煎一煎，但是煎得过熟时，乌鱼子的中间也发黄了，就不好吃，咬起来硬邦邦的，香味尽失。

还有一个同学更傻，收到了乌鱼子礼物，拿去煲汤，完蛋了。

在土耳其旅行时看到的乌鱼子，用蜜蜡封住，比中国台湾卖的大很多。最初不能确定是不是，即刻买下，拿到餐厅用刀子切开，一阵香味扑鼻。"对路了，对路了。"告诉自己。

问当地人："怎么吃？要不要烤一烤或煎一煎呢？"

他们说："乌鱼子晒干，可以就那么吃，不必加工。"

切了一片放进口中，果然是当年在台湾酒家吃到的味道，中间软油油的膏状鱼卵，吃了有点黏牙，但香味久久不散，实在是天下绝品。第一个发现吃乌鱼子的人，伟大得很。怎么想到的？应该给他一个奖状。

我不知道世界上还有什么地方的人吃乌鱼子，以我的经验，吃过了日本的、中国台湾的、中国香港的、澳大利亚的和土耳其的之外，最高级也是味道最好、卵最软熟的，是希腊的乌鱼子，堪称一流。

坐在希腊小岛的海边茶座中,来一碟乌鱼子,再来一杯当地的土炮"Ozuo",不羡仙也。

Ozuo这种酒,和土耳其的Rika一脉相承,主要以大茴香制成,所以在希腊喝Ozuo、吃乌鱼子时会想起土耳其。

去过巴黎,在最高级的食材店Fauchoh,看见一条条Mars巧克力般大小的东西,认定是封了蜜蜡的乌鱼子,一问之下,知道是从希腊进口的。

"和什么酒一块吃最佳?"问店员。

他回答:"当然是Pernod,要不然的话,Ricard也行。"

原来这两种牌子的酒,都是以大茴香为原料。Ozuo是透明的,但Rika、Pernod和Ricard都是棕色的,有如白兰地。不过这些酒有一贯的特性,一掺水就变成乳白色,和消毒药的Dettol相同,喝不惯的人会觉得味道和消毒水一样难以入口。

但是,就那么奇怪,这些酒和乌鱼子配合得天衣无缝,下次你试试看吧。

谢谢上帝,给我们吃到乌鱼子。

牛 丼

"丼",是"井"的中间加了一点,中文里根本没有这个汉字,是日本人自创的。

它的发音是"donburi",如果跟在某个名词之后,就简省地念为"don",指一碗有碗盖的白米饭,饭上铺着菜和食品,如炸鱼虾的叫"天丼"(tendon)、炸猪排的叫"katsudon"、鸡蛋和鸡肉的叫"亲子丼"(oyakodon)。

其中最受欢迎的是"牛丼"。

牛丼这玩意儿在日本战败后发明。当时他们极穷困,把屠牛后剩下的碎肉利用,像黏在骨头、骨缝中的肉,加上洋葱和豆腐,煮得一大锅汤,然后淋在白米饭上,便是我们要讲的"牛丼"了。

最先做这生意的是旅日的韩侨,小贩式地摆摊,现在已发展为店铺,而且是连锁性的,一开就是全国几百家。

牛丼店里的食物项目极有限,饭分"大"和"并"两种。"并",日语是"普通"的意思。如果不想要饭,单点一碟牛肉下酒，可叫"牛皿"，"皿"字作"碟"解。然后就是面酱汤（misoshiru）和泡菜（oshnko）等几种。

早上，牛丼店有特别的餐食，那就是一碗牛丼汤和泡菜一齐上桌，价钱很便宜，要是每一样单独点便要贵一点。

目前这种牛丼连锁店非常容易管理，只要租个铺面写上招牌，装修不用太花钱，订个四方形的长柜，几张椅子，中间便是厨房了。

牛肉、配料和汤汁是用大铁罐装好的，解冻后倒入大锅中，加多少份的水，一滚就行。其他来个面酱锅，配料也先计算好，多少料就制多少碗汤，不多不少。泡菜由大工厂供应，只要两个黄毛小子，便可以管理和经营一家店，一天三班制二十四小时营业。虽说是连在骨头上的碎肉，但极柔软好吃，不肥不瘦，加上日本米煮出来的饭，胖嘟嘟的像珍珠，热腾腾的香气扑鼻，肚子饿时，吃起来是无上的美味。中间的豆腐和洋葱已被肉汁熬得香甜，再撒上些辣椒粉，是最佳的早餐、午餐、晚餐和消夜，怎么说，都胜过啃汉堡包百倍。

极品番薯：做点有生命力的东西

精神食粮固佳，看完画展后，最重要的还是"医肚"。银座的"三越"百货，一楼全层本来卖化妆品和女性饰物，后来改为全国果子展览。

"果子"，是糖果和糕点的意思。所有甜品，应有尽有，令人眼花缭乱。当今是樱花季节，以樱花为主题的甜品数不胜数。

其中有种很特别的，是将樱花花瓣用盐腌渍，放入鱼胶液中，一朵朵散开，制成透明的粉红色啫喱。味道又甜又咸，也许你吃不惯，但那种美态，是难以抗拒的。

最引我注目的，是一个卖番薯的档口，叫"Gadeau de Chaimon"。"Cadeau de"为法语"礼物"的意思，而"Chaimon"则是京都三条区的一家番薯专门店的店名。

玻璃窗中摆着三种番薯，大小一样，像艺术品一般美丽。黄皮黄肉的叫"甘蜜安纳"，产自鹿儿岛县的种子岛，甜如蜂蜜。紫皮黄肉的叫"爱娘"，产自千叶县香取郡，外表如丝似锦，赤紫得鲜艳，口感最为松化。灰皮紫肉的叫"美红"，产自冲绳岛读谷村。紫肉番薯极罕见,在中国香港的新界偶尔遇到,加拿大也有,外表平平无奇,一剥开紫得可爱。

各类番薯分甜度、松化度和香浓度,用星来表示。"甘蜜安纳"最甜,一共有六颗星,"美红"只有两颗。当然买了前者来试,果然味道奇佳。今生吃过的番薯,在北京琉璃厂街头卖得最甜,"甘蜜安纳"第二。

店中产品还有"cube candy sweet",将番薯切为方块,像方糖一般进食。磨成蓉后制成蛋糕。还有一种叫"beni-imo chip"的,是紫色的番薯片。

大众认为最低贱的食物,追求其稀有品种及甜度和香味,化为最高级的享受,是人生一条大道。平凡的东西,升华成极品,太妙了。

山　葵

吃日本鱼生，大师傅免不了捏一小团的绿芥末放在你的面前。

这种绿色芥末日本人称之为"山葵"，学名"山嵛菜"，发音"wasabi"。

山葵是一种极爱干净的植物，它生长在瀑布或山泉之下，流水一污，它便凋萎。样子像小型的萝卜，皮陈黑，身碧绿。

一般的寿司店都以山葵兑水搓成膏，高级餐厅则采取新鲜的山葵在一片礤床旋磨，它有点黏性，磨出膏后捏团上桌。

通常客人会将它溶化在酱油里蘸鱼生吃，它有一股冲鼻的辛辣，和辣椒、胡椒以及芥末的辣味不同，非常之独特。

有些人会被这古怪的味道吓跑，但一吃上口，愈辣愈好。向大师傅要了一团又一团，把酱油搅得像泥浆，既不美观，又喧宾夺主，像是为了山葵而去吃鱼生。

山葵不只用来蘸鱼生，地道的日本面是没有味道的，靠一小碗酱汁和山葵佐食。缺少山葵，面便要大打折扣。

日本人用茶来泡饭吃，所谓的"御茶渍"，这种泡饭里必须加上山葵。

另一种吃法是拿山葵的叶和茎切为碎片制泡菜，味道又辣又古怪，多数是和鱼饼一起吃，叫作"山葵渍"。

吃适量的山葵能开胃，又能杀菌。吃得太多的时候，一股辣气冲上喉头，弄得你又流鼻涕又落泪。这本来是一种很难受的感觉，可是人就是那么贱，不但不避免反而吃上瘾。上了瘾，便不停地希望这股刺激再来，它好像冲到你的脑中，引起一个小核爆，说不出来的享受。

莼　菜

夏天的蔬菜并不好吃，太硬，太老，咀嚼后满口是筋。蔬菜要到天冷时才甜美，我们在天热时大多数吃瓜类。唯有一个例外，那就是莼菜。

莼菜长于淡水湖泊中，五月中旬到六月中旬是盛产期，可以一直采到八月底。

莼菜别名"水葵"，它的新芽被一层透明的黏膜包住，叶子卷起来呈椭圆形，橄榄般长，但只有橄榄的五分之一大小。

初试无味，愈吃愈香，主要是享受那种滑溜的口感。叶子旁边有花蕾，味苦，不宜进食，采摘时应弃之。

这种植物要在没有被污染的水中才能生长。水不清，莼菜就死了。西湖产的莼菜最为美味，杭州菜有一道鱼丸汤，少不了它。新鲜采摘入汤，色泽有如翡翠，但一般吃到的多已装进玻璃瓶中，颜色呆滞。

日本人也吃莼菜，把它当宝，用来煮鸡肉。十多年前，莼菜的价钱是米价的十倍，但是现在吃到的却从中国进口，已经很普遍且便宜。其他菜也许日本人说他们本土的比较好吃，但是莼菜却没什么分别了。

在中国香港可以在南货店买到这种蔬菜，装瓶出售，也很贱价。除了鱼丸汤，很少用莼菜入菜，这么好吃的夏天食材，不用实在可惜。

买了数瓶用来研究，用莼菜来炖鸡蛋也很理想。炒就不行，吃火锅的时候，加两三瓶莼菜进汤中，非常特别。

最简单的是用点蚝油，加些鱼胶粉把莼菜结成冻，再切片上桌。不过莼菜本身已有些啫喱质感，此举画蛇添足。

最过瘾的是用莼菜来做甜品，不知比西米露高级多少！吃斋的人想象力多数不丰富，吃来吃去就那么几种材料，如果我有一天食素，一定写一本莼菜菜谱。

松茸

松茸（matsutake），可以说是世界上最贵的蔬菜。

松茸到底是什么东西呢？如果你去日本，可以在百货公司的食物中看到，一根根褐色的东西，有大有小。

日本人把它当宝，一根平均卖到一万日元，愈重愈贵。最近有人把铅粒和银块塞进它的梗中，来骗取更高的价钱，所以你叫一客松茸，吃到金属片绝不是出奇的事。

松茸，中国早有，称为松蕈。字典中说：松茸属菌蕈科，生赤松树下，秋末茂盛。蕈伞径四五寸，表面灰褐色或浅黑褐色。伞之里面，生多放射状之襞，襞内有微细孢子。此蕈味美，有芳香，为食蕈中最佳之品。

日本人将松茸做菜，通常是切成一片片放入土瓶内蒸，做成香味幽幽的清汤。不然，就是在火上烤后切来吃，撒点盐或洒点酱油，已是无上的美味。

在普通街市能买到的松茸多数是从韩国进口的，我们这些平民吃起来还不错，但日本人拼命说完全不同，他们一边骂一边也只有买这些贱价的代替品来吃。高级地方买到真正的日本松茸，他们拿去送给上司，上司又转送给上司。几经转手，松茸已失去美味，吃起来和韩国产的一样。

第三章

尽量地学习和经历,
尽量地吃好东西,
人生就比较美好一些

求　精

地球上那么多国家，有那么多的食物，算也算不完。大致上，我们可只分为两大类：东方的和西方的，也等于是吃米饭的和吃面包的。

"你喜欢哪一种？中餐或西餐？"

这个问题，已不是问题，你在哪里出生，吃惯了什么，就喜欢什么，没得争拗，也不需要争拗。

就算中餐千变万化，三百六十五日天天有不同的菜肴，而你是多么爱吃中餐的西方人，连续五顿之后，总想锯块牛排、吃片面包。同样，我们在法国旅行，不管生蚝多么鲜美，黑松菌鹅肝酱多么珍贵，吃了几天之后总会想："有一碗白米饭多好！"

我们不能以自己的口味来贬低别人的饮食文化，只要不是太过穷困的地方，都能找到美食。而怎么去发掘与享受这些异国美食的特色，才是作为一名国际美食家的基础。拼命找本国食物的人，不习惯任何其他味觉的人，都是一些"可怜"的人。他们不适合旅行，只能在自己的国土终老。

人有能力改变自己的生涯，但无法决定自己的出身。我很庆幸生于东方，在科技或思想自由度上也许赶不上欧美，但是对于味觉，自感比西方人丰富得多。

在最基本的饮食文化上，东方国家的确比西方国家高出许多。

举一个例子，我们所谓的三菜一汤，就没有沙拉、牛排那么单调。

法国也有十几道菜的大餐，但总是一样吃完再吃下一样，不像东方人把不同的菜肴摆在眼前，任选喜欢的吃那么自由自在。圆桌的进食，也比在长桌上只能和左右及对面的人交谈来得融洽。

说到海鲜，我们祖先发明的清蒸，是最能保留食材原汁原味的一种烹调方法。西方人只懂得烧、煮和煎炸，很少看他们蒸出鱼虾蟹来。

至于肉类和蔬菜，生炒这个方法在近年来才被西方发现。"stir-fried"这些字眼从前没见过，我们的铁锅，广东人称之为"镬"，他们的字典中没有这个器具，后来才以洋音"wok"按上去的，根本还谈不到研究南方人的"镬气"、北方人的"火候"。

炖，西方人说成"双煮"（double boiled），鲜为用之。所以他们的汤，除了"consume"（清汤clear soup的一种）之外，很少是清澈的。

拥有这些技巧之后，有时看西方的烹调节目，未免不同意他们的煮法。像煎一块鱼，还要用一把汤匙慢慢翻转，未上桌已经不热；又凡遇到海鲜，一定要挤大量的柠檬汁去腥，等等，就看不惯了。

但东方人自以为饮食文化悠久和高深，就不接触西方食材，眼光也太过狭窄。最普通的奶酪芝士，不能接受就是不能接受，这是多么大的一种损失！学会了吃芝士，你就会打开另一个味觉的世界，享之不尽；喜欢他们的鱼子酱、面包和红酒，又是另外的世界。

看不起西方饮食的人，是"近视"的。这也和他们不旅行有关，没吃过人家的好东西，怎知他们多么会享受？

据调查，中国香港的食肆之中，结业最快的是西餐店，这与中国人对西餐接触得少有极大的关系。以为他们只会锯扒，只会烟熏鲑鱼，只会烤羊鞍，来来回回，都是做这些给客人吃，当然要执笠①了。

中国人的毛病出在学会而不求精。一代又一代的饮食文化流传了下来，但从没有什么大突破。自从二十世纪六七十年代那段时间来了一个断层，后来又因广东菜的卖贵货而普及，本身的基础已开始动摇。

模仿西餐时，又只得一个外形，没有精髓。远的不说，邻近越南煮的河粉，汤底是多么重要！有一家人也卖河粉，问我意

---

① 执笠：商铺关门、破产。

见，我试了觉得不行，建议他们向墨尔本的"勇记"学习，但他们怎么也听不进去。虽然这家人的收入还不错，但如果能学到"勇记"的一半，就能以河粉一味著称，更上一层楼了。

我对日本人的坏处多方抨击，但对他们在饮食上精益求精的精神倒是十分赞同。像一碗拉面，三四十年前只是酱油加味精的汤底，到现在百花齐放，影响到外国的行业，也是从中国的汤面开始研究出来的。

西方和东方的烹调，结合起来一点问题也没有，错在两方面的基本功都打得不好，又不研究和采纳人家成功的经验，结果怎么搞都是四不像，"fusion"（融合）变成"confusion"（混乱）了。

一般的茶餐厅，也是做得最美味那家，生意最好。要开一家最好的，在食材上也非得不惜工本不可。开在中国香港的日本料理，连最基本的日本米也不肯用，只以什么"樱城"牌的美国米代替，怎么高级也高级不来。一碗白米饭成本能有多少，怎么不去想一想？

掌握了蒸、炖和煮、炒的技巧，再加入西方人熟悉的食材，在外国开餐厅绝对行，就算炒一两种小菜给友人吃，也是乐事。别以为我们的虾生猛，地中海里头都黑掉的虾比我们游水的虾美味得多，用青瓜、冬菜和粉丝来拌、煎或煮，一定好吃。欧洲人吃牛排，也会用许多酱料来烧烤，再加上牛骨髓，更是精细。我们用韩国腌制牛肉的方法生炒，再以蒜蓉爆香骨髓，西方人也会欣赏。戏法人人会变，求精罢了。

有　趣

文华酒店的扒房①，近来加了最新派的分子料理。友人宴客，请了我参加，地点在The Krug Room②。

Krug Room很神秘，在二楼扒房对面The Chinnery酒吧的后头，一走进去看到有栋玻璃墙，可窥见文华酒店的中央厨房，也能见到厨师为我们准备的这一餐分子料理。

Krug Room，顾名思义是以著名的香槟为字号，客人主要是喝香槟酒，Krug已经被LV买去，这个组织也早已买了更著名的香槟厂Dom Pérignon③。

传说中，LV这个大机构命令生产不多的Krug大量制造，降低水平。但事实上LV并没那么做，让一切顺其自然，法国老饕

---

① 扒房：五星级酒店必须设有的一个餐厅，是全酒店最高级的餐厅，有一流的服务和最高级的食物。
② The Krug Room：香港文华东方酒店的库克厅，被称为"亚洲最昂贵的高级餐厅"之一。
③ Dom Pérignon：1667年由"香槟之父"唐·培里侬创建的酒类品牌。

才安了心。

Krug香槟，连无年份的Grande Cuvee也至少经过六年才出厂，更高级的要酿到十年以上。喝Krug酒，好的年份是一九八九年、一九八八年、一九八五年的。但是接近最完美阶段的，一九八一年的才算是喝得过的。

Krug Room室内的长桌上，摆着一个个花瓶，每瓶插上一朵鲜红的玫瑰花，有二十多瓶。长桌上面的灯饰，是用一套套的餐具倒吊组成，设计十分特别。

当晚的菜名用粉笔写在靠门的黑墙上，十三道菜，计有"石头烤""黄金鱼子酱""僵尸""雨水""西班牙海鲜饭寿司""龙虾面""Krug葡萄""羊毛""黍米鸡""蚝""早餐""夏湾拿之旅"和"化妆"。单单是菜名，已够怪的了。

第一道上桌的菜是"石头烤"，在一片平石上，摆着黑白的鹅卵石，樱桃般大。厨师出来解释用的什么原料和做的方法，并告之只吃中间那两粒，其他是真的石头，不可食之。

黑色"鹅卵石"放进口，原来是马铃薯为馅，外面包的是黑芝麻，把马铃薯蓉搓成圆丸，浸在黑芝麻酱中，像朱古力的外层。

咬了几下，果然有马铃薯味。

第二道菜是一个铁盒，和真的鱼子酱的包装一样，打开盖子，里面有橙色的颗粒，用扁匙舀来吃。原来是把荔枝搅拌成汁，加了做大菜糕的海藻液，放进有如针筒的管中，像打针一样,让它一滴一滴地滴在特制的容器里,凝固起来,有如鱼卵状。

咬了几口,果然有荔枝味。

这道菜也有特殊的餐具,人人会做,不必要求厨艺。

第三道菜是猪肉,用一块样子像缠着干尸的"布条"盖住,故称"僵尸"。那块"布"吃起来很甜,是把棉花糖压扁做成的,下面的猪肉红烧,配上辣椒酱和奶油豆酱。

第四道是"雨水",最初看不见什么是雨水,碟子是四方形的,很大,摆着几种菜叶。厨师出现,拿了一管很细的胶筒,挤出调味液,像花洒般地淋在生菜上面,称之为"雨水",原来如此。

第五道是"西班牙海鲜饭寿司",原名"Paella",看起来是一片压得扁扁的白米饭,和寿司又怎么搭得上关系呢?原来白米饭上铺的是粉红色的鲑鱼、白色的比目鱼和另一种叫不出名、吃不出味的鱼。厨师又出现,再次拿胶筒滴上山葵酱油。叫为"寿司",和手握的长方形块状完全两样,像一块饼干,日本寿司师傅看了不知会不会气死?

第六道是"龙虾面",最下层铺着粉红色的圈圈,像蚊香。上面倒看得出是什么,是三块龙虾肉,吃起来也是龙虾。至于为什么叫为面?原来那粉红色的"蚊香",是用龙虾头的膏混在面粉之中用针筒挤出长条来当面,没有什么龙虾膏味,像面粉慕斯(mousse)。

第七道是"Krug葡萄"，厨师当众表演，由冰桶中倒出两粒葡萄来，样子是葡萄，吃起来味道也像葡萄。但有小气泡在口中爆裂，原来是把香槟气体打进葡萄中做成的。

第八道的"羊毛"，又是用那块"僵尸布"做成，反正羊毛被和僵尸布的样子很接近。铺在下面的是羊的三个部位，肋骨肉、羊肩和胰脏（Sweetbread）。胰脏不是人人都懂得欣赏的，我倒能接受。红烧羊肩可口，肋骨肉则和普通的羊架子肉一样，很小块而已。

第九道的"黍米鸡"有鸡胸肉和烤腿肉，加上玉蜀黍（即玉米）粒，这道菜的样子和味道都像没有经过分子处理的。

第十道的"蚝"已是甜品了。碟中有一只带壳的蚝状物，原来是用朱古力做的。至于蚝中的那粒珍珠，则是以白色东西包着一粒榛子仁。另有啫喱状的物体，是用香槟加鱼胶粉做出来的。

第十一道的"早餐"，碟上有一个煎蛋，以椰浆做蛋白，而蛋黄则是杧果汁制成的。

第十二道的"夏湾拿之旅"是什么？夏湾拿以雪茄著名呀！用朱古力卷着云呢拿雪糕，制成大雪茄状。雪茄灰则用黑白芝麻做成，颇花心思。那个巨大的烟灰碟，也是用朱古力做的。但我们已太饱，没人吃得下。

第十三道的"化妆"最为精彩，端上桌的是一个和粉饼盒一模一样的东西，打开来，还连着块镜子呢。胭脂粉饼是用西瓜汁的结晶，再磨成粉状制成；而粉扑，当然又用回棉花糖团了。

饭后,侍者拿出意见书要我们填上,我本来推却,被人劝后,写上"有趣"(interesting)一词。

友人小儿子问:"写'有趣'是什么意思?"

我回答:"将吃的东西做成你意想不到的物体,创意十足,是有趣的。其实我的老师冯康侯先生曾经说过,他在广州的花艇上吃过各种水果,但都是由杏仁、红豆等做出来的,这种想法早已存在。不过,我们要吃薯仔就吃薯仔好了,要吃荔枝就吃荔枝,干脆了当更是率真。美食基本都是一代代地传了下来,一定有它不可取代的存在价值,分子料理经不经得起时间考验,是一个问题。如果有人问我好不好吃,我则说不出所以然。当主人家热情,你又不太想直接发表意见时,最好的评语,就是说'有趣'。"

吃　相

　　活了一把年纪，依经验的累积，学会了看相。中国的命运风水学说，不也都是依靠统计学而得来的吗？

　　面相也许看不准，但是吃相却逃不过"照妖镜"的，从吃一顿饭，便能观察对方是怎样的一种人。

　　吃西餐时不会用刀叉，大出洋相的，并非没有教养，不习惯而已。印度少女用手抓食物进口，也煞是好看，这是她们的风俗。我们把话题集中在吃中餐吧。

　　大伙一起吃饭，自己先夹鸡腿，是不应该的，从小父母便那么教导我们。但是当今鸡肉已不值钱，整碟端上桌，没人去碰它。但是不吃不要紧，如果拿筷子去拨弄一番，最后又不吃的人，素质好不到哪里去。

　　先吃食物最好的部分，现在只能用螃蟹来做例子。来一盘花蟹，大剌剌地先将蟹钳吃了，而不留给朋友享用，这种女人多数非常自私。

　　自己面前的碟子夹了一大堆食物而不去动的女人，是个贪心的女人，是损人而不利己的女人。

畅怀大嚼，吃得满嘴是油的女人，属于豁达型的。她们很豪放，又来得个性感。

这不吃那不吃的女人，显然对自己的身材一点信心也没有。这种女人，诸多挑剔，绝非理想对象，避之大吉。

为了达到个人目的，同样不吃牛肉的女人，这表示她们做人没有信心。唯有利用宗教之名迫神明和自己达到愿望，有点不太正常。

什么都吃，对没有试过的食物更感兴趣，一点也不怕肥腻的女人是好女人，绝对错不了。

当食家的条件

小朋友问:"昨天看中国台湾的饮食节目,出现了一个出名的食家,他反问采访者:你在台湾吃过何首乌包的寿司吗?你吃过鹅肝酱包的寿司吗?这位食家的态度相当傲慢。这些东西,到底好不好吃?"

"何首乌只是草药的一种,虽然有疗效,但味苦,质地又粗糙,并不好吃。用来包寿司,显然是噱头而已。而鹅肝酱的吃法,早就被法国人研究得一清二楚,很难超越他们,包寿司只是想卖高价钱。"我说。

"那什么才叫精彩的寿司?"

"要看他们切鱼的本事,还有他们下盐,是否是一粒粒数着撒。捏出来的寿司,形态优不优美也是很重要的,还要鱼和饭的比例刚好才行。"

"怎样才知道吃的是最好的寿司?"

"比较呀,一切靠比较。最好的寿司店,全日本也没有几家,最少先得一家家去试。"

"外国就不会出现好的寿司店？"

"外国的寿司店，不可能是最好。"

"为什么？"

"第一，一流的师傅在日本已非常抢手，薪金多高都有人请，他们在本土生活优渥，又受雇主和客人的尊敬，不必到异乡去求生。第二，即使在外国闯出名堂，也要迎合当地人的口味，用牛油果包出来的加州卷，就是明证。有的更学了法国人的上菜方法来讨好，像悉尼的Tetsuya's就是个例子。"

"那么要成为一个食家，应该怎么做？"

"做作家要从看书做起；做画家要从画画做起；当食家，当然由吃做起。最重要的，还是先对食物有兴趣。"

"你又在作弄我了，我们天天都在吃，一天吃三餐，怎么又成不了食家？"

"对食物没有兴趣的话，食物就变成饲料了，一旦喜欢，就想知道吃了些什么。最好用笔记下来，再去找这些食材的数据，做法有多少种等等。久而久之，就成为食家了。"

"那么简单？有没有分阶段的？"

"当然。最低级的，是看到什么食物都"哇"的一声大叫出来。"

小朋友点点头："对，要冷静，要冷静！还有呢？"

"不能偏食，什么都要吃。"

"内脏呀，虫虫蚁蚁呀，都要吃吗？"

"是。吃过了,才有资格说好不好吃。"

"那么,贵的东西呢?吃不起怎么办?"

"这就激发你去努力赚钱呀!不过,最贵的东西全世界都很少的,反而是便宜的最多,造就的尖端厨艺也最多。先从最便宜的吃起,如果你能吃遍多种,也许你就不想要吃贵的东西了。"

"吃东西也是一种艺术吗?"

"当然,一样东西研究深了,就变成艺术。"

"那从哪做起呢?"

"你家附近有什么东西吃,就从那里做起,比方说你邻居的茶餐厅。"

"不怎么好吃。"

"对了。那是你和其他地方的茶餐厅一比,才知道的道理。"

"要比多少家?"

"听到有好的就要去试,从朋友的介绍,到饮食杂志的推荐,或从网上得到的资料,一家家去吃。吃到你成为茶餐厅专家,然后就可以试车仔面、云吞面、日本拉面,接着是广东菜、上海菜、潮州菜、客家菜,那种追求和学问,是没有穷尽的。"

"再来呢?"

"再来就要到外国旅行了,比较那边的食物,再回来和你身边的食物作比较。"

"那么一生一世也吃不完那么多了。"

"三生三世，或十生十世，也吃不完。能吃多少，就吃多少。我们的社会是一个半桶水社会，有一知半解的知识，已是专家。"

"可不可以把范围缩小一点？"

"当然。凡是学习，千万不要滥。想研究茶或咖啡，选一种好了。学好一种再学第二种，我刚才举例要去对比茶餐厅的食物，就是这个道理。"

"你现在是不是已经达到粗茶淡饭的境界了？"

我笑了："还差得远呢。你没看过我的专栏名字，不是叫'未能食素'吗？那不代表我吃不了斋，而是在说我的欲望太深，归不了平淡这个阶段。不过，太贵的东西，我自己是不会花钱去追求了，有别人请客，倒可以浅尝一下。"

蔡澜的喝茶方式

我对饮食，非常忠心，喜欢茶就不肯花精力研究咖啡。翻看杂物，发现家中茶叶：普洱、铁观音、龙井、大红袍、大吉岭、锡兰、富硒、静冈绿茶和茶道粉末，加上自己调配的，这一生一世，应该饮不完吧。

以前拍电影时，在世界各地拍外景，一待数月是常有的事。当时为了喝到一杯茶，费尽心思。在热水壶尚未在欧洲普及的年代，为了要到一壶热水，要给侍者付一笔超出市价的小费，到手时的热水还不见得能够泡茶。当今热水已经不再是问题，但出去的时间长，需大量携带茶叶，茶具也是问题。有时所带的茶盅不小心被打破，不知心痛多久。

朋友向我推荐了一款黃金罗汉果，说泡起来最方便。这种罗汉果与传统的烤制罗汉果不同，没有焦煳味，用低温脱水的方法，最大限度地保留了罗汉果的清甜味。

于是和朋友商量，能否制作出方便携带的茶饮，最好是能拿出即饮，最大限度地不受环境限制。为了方便，将包装制成袋泡装,外面是环保三角纱网,已通过严格的食品检验,大家尽可放心饮用。之后将罗汉果和其他配料装入其中,用透明纱网将它们封住。泡水之后即可饮用,不必担心喝到残渣,非常方便。而且在没有热水的情况下,可以用冷水直接冲泡,又是另一种风味。

除了黄金罗汉果的味道,在我的提议下,又在里面加入了进口的法兰西玫瑰,泡出来的茶水呈粉色。那种如糖似蜜的感觉,与女性的优雅搭配在一起,真是绝配。这样的即饮茶我如今随身携带,既下火又润喉,做完节目后来上一杯,真是一乐。

很多人听到我这样喝茶的方式,即刻反对。要是让他们这样随时随地,想喝即喝,不管什么茶具、礼节,那他们非发狂不可。他们要的是特意去茶馆中欣赏,有少女表演自然是最好。固定的手势还不算,口中念念有词,说来说去都是一泡什么、二泡什么、三泡什么的陈词滥调。好好一个女子,变成俗不可耐的丫头。茶壶、茶杯之外还来一个"闻杯"。把茶倒在里面,一定要强迫你来闻一闻。你闻、我闻、阿猫阿狗闻。闻的时候禁不住喷几口气。一些喝茶喝得走火入魔的人,用一个钟表计算茶叶应该泡多少分多少秒,这也都违反了喝茶的精神。

我对于茶的乐趣,自小养成。家父是茶痴,一早叫我们三兄弟和姐姐到家中花园去,对着花朵,用手指轻弹花瓣上的露水,每人拿一小碟来收集露水,收集之后滚水沏茶,印象犹深。你问我什么是喝茶的精神?答案很清楚,舒服就是。茶是应该在轻轻松松的状态之下请客或自用的。你习惯了怎么泡,就怎么泡;习惯了怎么喝，就怎么喝。纯朴自然，一个"真"字就跑出来了。真情流露，就有禅味。有禅味，道即生。喝茶，就是这么简单。简单，就是道。如果你也喜欢喝茶，不如来个"抱抱"[①]吧。

---

① 抱抱：谐音"暴暴"茶，蔡澜自创的茶饮。

访问自己·关于水果

问：你喜欢哪一种水果？

答：关于美食，别人问来问去，太过笼统，缩小成一项水果，我倒有兴趣回答。我可以说，凡是甜的水果，我都喜欢。

问：为什么只是甜的，酸的不行吗？

答：水果给我的印象，是甜的。道理就那么简单。

问：好，就集中谈甜的水果，有没有"最"喜欢的？

答：要选"最"很难。

问：那么举其中一种为例吧。

答：榴梿。

问：是不是因为你在南洋长大？

答：有绝对的影响。

问：那么有什么不吃的？

答：黄梨。中国台湾人叫凤梨，中国香港人称为菠萝，我不吃。

问：为什么？

答：我小时候去马来西亚旅行，看到一大片菠萝田，工人收割菠萝后就放在路边，堆积如山，任何人来偷吃也不管。我们把车子停下，没有刀，把菠萝摔在路上，摔碎了来吃。一连吃十几个，菠萝的纤维把我的嘴都刮破了，又酸得要命，从此对它印象极坏，绝不去吃。当今有人提起"菠萝"两个字，我敏感得从发根流出汗来，不相信的话你现在摸摸看。

问：哈哈，果然是湿的，真厉害！饶了你，说回你爱吃的水果吧，你每年带人到日本吃水蜜桃，难道真的那么好吃？

答：从小便听人家说，最好的水蜜桃，只要用吸管往里一插，就能吸出汁来。我打听了很久，最后有一个山东人说他们那儿的蜜桃就是如此，就跟他去了。到了之后，果园主人采下一颗，用手拼命去按摩，挤得它差点烂掉，拿小管一插，叫我吸，我看他手那么脏，才不敢呢。日本水蜜桃，冈山种的才好，的确美味。

问：还有什么？我逐样数好不好？木瓜呢？

答：我只爱夏威夷种的，它有一股清香；其他地方种的，我多数榨汁来喝。吃完了辣的东西，一定要用木瓜去中和，才无后患。

问：荔枝呢？

答：我组织了一个旅行团到增城去，发现所谓的"挂绿"都已变了种，反而没有在东莞吃到的那么甜。树上采的，经过日晒，不好吃，不如买回来在冰柜中冻它一冻那么美味。龙眼也是一样的。

问：葡萄呢？

答：当然吃，但酸的不吃。最甜的葡萄，是澳洲产的Sultana。吃新鲜的固然好，在树上晒成的葡萄干也不错，没有核。美国有一种黑色葡萄，品种叫"4038"，也是最甜。

问：杧果呢？

答：有种又小又绿又丑的台湾杧果最好，通常的吃法是一买一大箩筐，回来后在地上铺报纸，又摆一桶水，把湿毛巾放在旁边。这种杧果会吃上瘾，愈吃愈爱吃，吃个不停。到最后吃光了，洗完手用毛巾一擦身体，流出来的汗也是黄色的。

问：草莓呢？

答：不太吃，怕酸，后来去了日本，在冬天吃。

问：草莓是夏天的果实呀！

答：日本人说夏天果实太多，冬天缺乏，就一二三联合起来，冬天在温室中种。我起初也不相信会是甜的，后来试了一口，居然不酸。但还是担心，要蘸着炼乳，才肯吃。

问：温室蜜瓜，不会不甜吧？

答：你错了，也有些不够甜的，所以买日本蜜瓜，一定要选"一棵一果"的，那就是枝上长出许多小蜜瓜的时候，把其他的都剪掉，只剩一个，让充足的糖分供养它，那么它一定甜。切开后，还真的看到果肉内有一层蜜呢。

问：西瓜呢？

答：夏天的恩物，但也要凉的才好。古人已经学会把西瓜放在井里去冻过夜。四方形西瓜，金字塔形西瓜，都是绰头（噱头），看看就行，不必去试。

问：橙呢？

答：新奇士①的，我也嫌酸。去墨西哥的时候吃到的又丑又小的橙，最甜了。中国台湾的橙子不错，泰国也有一种丑的绿橙，很甜。其他的都不吃。

问：橘子呢？

答：多数信不过，很少去碰。偶尔看到所谓的"砂糖橘"，又丑又小，可以吃。

问：柿子呢？

答：只吃熟透、又软又多汁的；甜的柿干，也喜欢。

问：有没有偏门一点的？

答：南洋有一种叫"尖必辣"的水果，外形像个迷你的大树菠萝，割开皮，里面有数十颗果实，像吃榴梿一样吸噬。已有几十年没尝到这种美味，这次去槟城再吃到，真甜，又香，它的核还可以拿去煮熟，比栗子还要好吃，最喜欢了。

---

① 新奇士：新奇士橙，产于美国加州，以果肉多汁、香甜而闻名。

访问自己·关于健康

问：作为一个美食家，你注重健康吗？

答：智者曾经说过，作为一个美食家，从牺牲一点点的健康开始。

问：但是当今流行，都是以健康为主。

答：以健康为名，许多美食文化，都被消灭了。

问：这话怎么说？

答：举个例，上海本帮菜的特色是浓油赤酱，现在已无影无踪，得拼命去找，才找到几家吃得过的。

问：从前的人缺乏营养，菜要又油又甜，当今的人富裕，得吃清淡一点嘛。

答：太过清淡，同样对身体不好。

问：猪油总不能吃吧？

答：猪油有那么可怕吗？植物油就那么好吗？你有没有试过洗碗呢？

问：没有。

答：你洗过就知道了，盛过猪油的碗碟，一下子就洗干净了；盛过植物油的碗碟，洗老半天还是油腻。

问：猪油有那么好？

答：有些菜，不用猪油就完蛋了，像上海的菜饭、宁波的汤圆、潮州人的芋泥，把猪油拿走，还剩下什么？

问：过多了还是不行。

答：这句话我赞成，但少了也不一定健康，我们不是天天猛吞大肥肉，偶尔来一客红烧蹄髈，是多么令人身心愉快的事呀！

问：不放那么多油可不可以？

答：有些菜不可以，像过桥米线、生鱼生肉，全靠上面那层油来焖住，才能煮熟。如今的做法只下那么一点点油，煮不熟，不吃出一肚子虫来才怪。

问：健康饮食，从什么时候、在哪里开始流行？

答：九十年代吧，是美国的加州人始创的，他们把太油太腻的意大利菜，改成少油少盐，大家拼命吃生菜沙拉，吃得变成"兔子"。

问：但怎么那么快地影响了全球？

答：都怕胖嘛，尤其是女人，有些干脆吃起斋来，而且强调全部是有机的。什么是有机？到现在很多人还是搞不清楚。

问：有机菜比较有味道呀。

答：我吃不出，你吃得出吗？

问：……

答：就算是吃菜，吃得特别淡的时候，就拼命加油加酱料了。中国香港的斋菜，油下得也多得厉害，那些不容易洗得干净的植物油会在胃中，后果怎么样，你自己想想。

问：那么接下来流行的慢食呢？

答：快食慢食，对于所谓的健康，并没有明显的区别，大家的习惯而已，问题是在于好不好吃。美式的快餐，不好吃就不吃了，但也不至于弄到慢食就好吃。

问：那么慢煮呢？

答：我一听到厨师走出来解释，说这块肉用多少度的低温油，煮了多少个小时，心中就发毛。新鲜食材新鲜煮新鲜吃，才算新鲜，给他那么一弄，有什么新鲜可言？况且，包在塑料袋内来煮，袋里的化学品分解出有害物质，人吃了得毛病的概率大，虽然当今还没有科学引证，但是可以想象不是一件好事。

问：那你自己是怎么保持健康的？

答：从来不用"保持"这两个字，想吃什么吃什么，油腻的东西吃多了，就喝浓普洱来解。我也不一定是大鱼大肉，在家吃些清粥，送块腐乳，也是一餐。

问：那体重呢？你的体重是多少？

答：七十五公斤，这二十几年来一直不变。

问：怎能不变，容易吗？

答：容易，一上磅，发现重了，裤头紧了，就少吃一餐，或者干脆断食一两顿饭，就轻了下来。

问：那么女人们要好好学习了，可是，怎么忍呢？忍不住呀！

答：忍不住，就不能怪人。一切都是自作自受。

问：所以我们要吃健康餐呀！

答：健康不是吃健康餐就行的。

问：那么你教教我们怎么做。

答：健康分两种，精神上的和肉体上的。我不知道说过多少遍，倪匡兄也主张：不吃这个怕吃那个，精神上就不健康了。精神不健康，什么毛病都跑出来，轻的变成精神衰弱，重的会得癌症。精神健康影响肉体健康，这不怕吃，那不怕吃，身心愉快，就会产生一种激素，化解食物不均匀的结果。人一快乐，身体就健康，这是必然的。

问：就这么简单？

答：就这么简单。

最有营养的食物一百种

BBC英国广播公司,除了新闻,还制作了很多高质量的纪录片,所报道的资料极为严谨,绝对不会乱来。最近,他们做了一个调查,从一千种食材中选出一百样对人体最有营养的。从末尾算起,排行如下。

第一〇〇种:番薯。第九十九种:无花果。第九十八种:姜。第九十七种:南瓜。第九十六种:牛蒡。第九十五种:孢子甘蓝。第九十四种:西蓝花。第九十三种:花椰菜。第九十二种:马蹄。第九十一种:哈密瓜。第九十种:梅干。

第八十九种:八爪鱼。第八十八种:胡萝卜。第八十七种:冬天瓜类。第八十六种:墨西哥辣椒。第八十五种:大黄。第八十四种:石榴。第八十三种:红醋栗,又叫红加仑。第八十二种:橙。第八十一种:鲤鱼。第八十种:硬壳南瓜。

第七十九种:金橘。第七十八种:鲳鲹鱼。第七十七种:粉红三文鱼。第七十六种:酸樱桃。第七十五种:虹鳟鱼。第七十四种:河鲈鱼。第七十三种:玉豆。第七十二种:红叶生菜。第七十一种：京葱。第七十种：牛角椒。

第六十九种：绿奇异果。第六十八种：黄金奇异果。第六十七种：西柚。第六十六种：鲭鱼。第六十五种：红鲑鱼。第六十四种：芝麻菜。第六十三种：细葱。第六十二种：匈牙利辣椒粉。第六十一种：红西红柿。第六十种：绿西红柿。

第五十九种：西生菜。第五十八种：芋叶。第五十七种：利马豆。第五十六种：鳗鱼。第五十五种：蓝鳍金枪鱼。第五十四种：银鲑鱼（生长于太平洋或湖泊中）。第五十三种：翠玉瓜等夏天瓜类。第五十二种：海军豆，又名白腰豆。第五十一种：大蕉（是非洲蔬菜，长得像香蕉，但味道一点都不像，似木薯，非洲人当马铃薯吃）。第五十种：豆荚豆。

第四十九种：眉豆。第四十八种：牛油生菜。第四十七种：红樱桃。第四十六种：核桃。第四十五种：菠菜。第四十四种：番茜。第四十三种：鲱鱼。第四十二种：海鲈鱼。第四十一种：大白菜。第四十种：水芹菜。

第三十九种：杏。第三十八种：鱼卵。第三十七种：白鱼（即为白鲑）。第三十六种：芫荽。第三十五种：罗马生菜。第三十四种：芥末叶。第三十三种：大西洋鳕鱼。第三十二种：牙鳕鱼。第三十一种：羽衣甘蓝。第三十种：油菜花。

第二十九种：美洲辣椒。第二十八种：蚶蛤类。第二十七种：羽衣，与羽衣甘蓝相近又是不同种类。第二十六种：罗勒（又名金不换、九层塔）。第二十五种：一般辣椒粉。第二十四种：冷冻菠菜（冷冻菠菜的营养不会流失，故级数高于新鲜菠菜）。第二十三种：蒲公英叶Dandelion Greens。第二十二种：粉红色西柚。第二十一种：扇贝。第二十种：太平洋鳕鱼。

第十九种：红椰菜。第十八种：葱。第十七种：阿拉斯加狭鳕。第十六种：狗鱼。第十五种：青豆。第十四种：橘子。第十三种：西洋菜。第十二种：芹菜碎，将芹菜晒干或抽干水分，营养价值较新鲜的蔬菜高。第十一种：番茜干，同道理。第十种：鳡鱼。

第九种：甜菜叶。第七种：瑞士甜菜。第六种：南瓜子。第五种：奇亚籽。第四种：鳊鱼、比目鱼、左口鱼等各类的鱼。第三种：深海鲈鱼。第二种：番荔枝。第一种：杏仁。

这都是有根有据的科学分析和调查，绝对可靠，但是我们做梦也没有想到杏仁那么厉害，怎么可以跑到第一位来？今后要多吃杏仁饼了。

第二位的番荔枝也出乎意料，这种中国台湾人叫作释迦的水果从前只在泰国吃到过，当今各地都种植，澳洲产的又肥又大，皮平坦的不好吃，一粒粒分明的才行。

大家都认为留有欧米伽三[①]的三文鱼只排在第七十七位，而

[①] 欧米伽三：Ω-3脂肪酸，一组多元不饱和脂肪酸，常见于深海鱼类和某些植物中，对人体健康十分有益。

西洋人也不赞成生吃,他们都要烟熏过的,或者煮得全熟的。西蓝花、花椰菜也不是那么有营养,排在第九十四、第九十三位。

大力水手吃的菠菜,新鲜的只排在第四十五位,反而是冷冻过后再翻热的排在第二十四位,营养极高,但不如排在第十八位的葱。

至于我们东方人的主食大米,根本不入流,米饭营养价值极低,我们可以放心吃个三大碗。但米饭当今大家都少食,不如选择最好的中国黑龙江的五常米和台湾的蓬莱米,或者日本米,贵一点也无所谓了。

对了,在排行榜上你会发现没有第八位,那就是我最喜欢的猪油了,这种一直被误解的食材,原来是那么有营养的,比什么橄榄油、椰子油或各类植物油都有益处,更不必说牛油或鱼油了。

当然,我们不赞成有营养的食材就拼命吃,各类食材都吃一点点,营养才均衡,而有什么比吃没营养的白米饭,再淋一点猪油来的更好呢?

怀念吃盒饭的日子

电影工作，我一干四十多年。我们这一行总是赶时间，工作不分昼夜，吃饭时间一到，三两口扒完一份盒饭，但有盒饭吃等于有工开，不失业，是一件幸福的事，吃起盒饭，一点也不觉得辛苦。

不怕吃冷的吗？有人问。我的岗位是监制，有热的先分给其他工作人员吃，剩下来的当然是冷的，习惯了，不怎么当一回事，当今遇到太热的食物，还要放凉了才送进口呢。

多年来"南征北战"，吃遍各国各地的盒饭，印象深刻的是中国台湾的盒饭，送来的人用一个巨大的布袋装着，里面几十个圆形铁盒子，一打开，上面铺着一块炸猪扒，下面盛着池上[①]米饭。

[①] 池上：池上乡位于台湾台东县北部，属热带季风气候，雨量充沛，造就了闻名全台的优质池上米。

最美味的不是肉，而是附送的小鲲鱼、炒辣椒豆豉，还有腌萝卜炒辣椒等菜，这些菜简直是食物中的"鸦片"，当年年轻，能吃完三份圆形铁盒饭而面不改色。

在日本拍外景时的便当，也都是冷的。没有预算时，除了白米饭，只有两三片黄色的酱萝卜；有时连酱萝卜也没有，只有两粒腌酸梅，很硬很脆的那种，像两颗红眼珠猛瞪着你。

条件好时，便吃"幕之内便当"，这是看歌舞剧时才享受得到的，里面有一块腌鲑鱼、蛋卷、鱼饼和甜豆子，菜品也是相当贫乏。

不过，早期的便当会配送一个陶制的小茶壶，异常精美，盖子可以当杯子。那年代不算是什么，喝完扔掉，现在可以当成古董来收藏了。

剧组的便当并非每一顿都那么寒酸，到了新年也开工的话，就吃豪华便当来犒赏工作人员，里面的菜有小龙虾、三田牛肉，其他配菜应有尽有。

送饭的人记得一定带一个铁桶，到了外景地点生火，把那锅味噌面酱汤烧热，在寒冷的冬天喝起来，喝得眼泪都流下，感恩，感恩。

在印度拍戏的一年，天天吃他们的铁盒饭，有专人送来，这家公司一做盒饭就成千上万份，蔚为壮观，这些盒饭被分派到公司和学校。送饭的小伙子骑着单车，后面放了至少两三百个饭盒，从来没有掉下来过一个。

这些便当盒里面有什么？咖喱为主。什么菜都有，就是没有肉，印度人多数吃不起肉，工作人员中的驯兽师一直向我抗议："蔡先生，我不是素食者！"

韩国人也吃盒饭，基本上与日本的相似，都是用紫菜把饭包成长条，再切成一圈圈，叫为"kwakpap"，里面包的也多数是蔬菜而已。

豪华一点的盒饭，比如早年吃的盒饭有古老的做法，叫作"yannal-dosirak"，盒饭之中有煎香肠、炒蛋、紫菜卷和一大堆kimchi，加一大匙辣椒酱。上盖，大力把饭盒摇晃，将菜和饭混在一起，是杂菜饭（bibimbap）的原型。

到了泰国就幸福得多，永不吃盒饭。到了外景地，有一队送餐的就席地煮起来，各种饭菜齐全，大家拿了一个大碟，把食物装在里面，就分头蹲在草地上进食。我吃了一年，戏拍完回到家里，也依样画葫芦，拿了碟子装了饭躲到一角吃，令家人看得心酸，自己倒没觉得有何不妥。

到了西班牙，想叫些盒饭吃完赶紧开工，但工会不许，当地的工作人员说："你疯了？吃什么盒饭？"

天塌下来也要好好吃一餐中饭，巨大的圆形平底浅铁锅煮出一锅锅海鲜饭来，还有火腿和蜜瓜送，入乡随俗，我们还弄了一辆轻快餐车，煲个老火汤来喝，中国香港的同事们问："咦！从哪里弄来的西洋菜？"

笨蛋，人在西洋，当然买得到西洋菜。

在澳洲拍戏时，当地工作人员相当能吃苦。本来计划吃个三明治算了，但当地工会规定的吃饭时间很长，我们就请中国餐馆送来一些盒饭，吃的和香港的差不多。

还是在中国香港开工幸福，到了外景地或厂棚里也能吃到美味的盒饭，有烧鹅油鸡饭、干炒牛河、星洲炒米，等等。

早年的叉烧饭还讲究，两款双拼：一边是切片的，一边是整块上，让人慢慢嚼着滋味。叉烧一定是半肥瘦。怎么看出是半肥瘦？容易，夹肥的烧出来才会发焦，有红有黑的就是半肥瘦。

数十年的电影工作经验，让我尝尽各种盒饭，电影的黄金时代只要卖埠（卖版权的意思），就有足够的制作费加上利润，后来盗版猖狂，越南、柬埔寨、非洲各国的市场消失，中国香港电影只能靠内地市场时，我就不干了。

人，要学会鞠躬后再走下舞台。人可以去发展自己培养出的兴趣，世界很大，还有各类表演的地方。

但还是怀念吃盒饭的日子。家里的菜馛[①]很不错，有时还会到九龙城的烧腊铺斩几片乳猪和肥叉烧，淋上卤汁，加大量的白切鸡配的葱蓉，还来一个咸蛋！

这一餐，又感动，又好吃。盒饭万岁！

[①] **菜馛**：粤语常用词，指下饭的菜。

外卖经

有些日子，我经常要在国内的各大都市旅行。有的是公务，多数有人请客，吃的东西他们认为有多好吃就多好吃，但一天下来，已身心疲倦，还要与一群陌生人共餐，做无谓的交谈，想起来就觉得怕。

那么去自己喜欢的食肆吃个饱吧。这个念头的确是闪过，可是，第一，当你已经疲倦时，等菜上桌是一件恐怖的事；第二，还要花时间在路上，尤其是还有随时随地发生的交通繁忙；第三，也是最致命的，就是不知道对食物会不会失望。

算了，算了，饿死算了。这么想，当然是开玩笑，人生最大的痛苦，莫过于挨饿。

有什么解决办法？有呀，叫外卖。

吃什么好？这么一问，得到的答案当然是麦当劳。这个无孔不入的"恐怖组织"出现在任何都市里面，要逃避它的广告，已是不可能的。

我可以很诚实地告诉大家，这一生我没有吃过麦当劳。没有吃过怎么知道好不好吃？你不是说过所有的食物，要试过才有资格评判它的好坏吗？友人批评。

对，对，说得一点也不错。我不走进麦当劳，不是因为东西好坏，而是我不能接受美国人对食物的这个观念！快餐，我不反对，我用铁锅热炒出来的菜，一分钟也不需要，要多快有多快。

不赞同的是死板的流水作业。煎一个鸡蛋罢了，怎么可以用个铁圈圈住，把鸡蛋打进去，计算标准时间完成，做出几百万、几亿份完全相同的煎蛋来？

食物要经过母亲的手，或者是一位固执的大厨的手，用心制作才称得上是食物呀，但这么想，始终不切实际。一生漂泊，怎么可能每一餐都得到享受？吃不到的话，我宁愿挨饿，但也有变通的方法。

到达酒店，虽然知道酒店餐厅很少有美食，但还是会拖着疲倦的身体去点来吃。大多数，是叫客房服务，看了餐牌之后大点特点，肚子一饿，就能把餐单上所有的东西完全叫齐。

结果，又是剩下一大堆。

有什么点餐方法更好？当今内地送外卖的服务，效率异常之高，我们可以在手机的App上看到周围的餐厅有什么菜，一样一样地点。在洗澡的时候，同事们就会去食肆拿回来，或请服务员送到，这一来可丰富了，要什么有什么，最差的，也有一个上海粗炒。

当今，连火锅也可送外卖，餐厅会把食材一纸碟一纸碟地切好铺好,用玻璃纸封住,然后送个即用即弃的火水炉来,铝质极薄的锅子派上了用场,加上一大堆蔬菜或粉丝等细面类,吃个不亦乐乎。

如果时间充裕,我们会先在便利店停下,走进去看,便利店什么都有,最后买了各式各样的方便面、几罐啤酒、肉类罐头,或者花生米等。

去到有老友的都市最幸福了,还没有入住上海的花园酒店之前,已打电话给"南伶酒家"的陈玉强老板,买枪虾、油泡虾、马兰头、烤麸等小菜,再来红烧蹄髈、生煸草头、腌笃鲜,等等,在酒店里开个大餐,就是可惜不能把蛤蜊炖蛋也打包回来。

当今,鳗鱼饭在中国内地流行起来,各地都有专营店。鳗鱼饭被装进精美的盒子,还有一碗鳗鱼肠清汤。送来的当然是不正宗、不好吃的鳗鱼饭,但是有甜酱汁淋在饭上,也可以刨几口。

在意大利旅行当然吃不到中国菜,不过走进他们的肉店,什么火腿、香肠、芝士、肉酱等都齐全,一切外卖都是完美的。我这个人不在乎吃冷食物,反而吃得很惯,这也是上苍赐给我的口福。

日本人是外卖高手,他们的便当是我的家常便饭,最差的是几个饭团,有鲑鱼的或明太鱼子的,有时只有一粒酸梅,但另有泡菜来送,也能解决一顿。

最奢华的是这次在新潟,不想到外面吃,和好友刘先生两人各叫了一份便当,送到了房间一看,好家伙,是个用精美的绢花布包着的大盒子，打开了里面有三层的透明胶格子，放着各种刺身、烤鱼、日式东坡肉、烧牛肉，等等。当然有白米饭、面酱汤和泡菜，不吃剩才怪。

回到基本的外卖形式，是酒店的室内服务，有点保障的是"亚洲选择"，综合了大家都吃得惯的菜式，最典型的有云吞汤、海南鸡饭、叻沙、印度尼西亚炒饭等，比什么西方三明治都可靠。虽然有时也遇到难以下咽的，但是如果你叫一碟咖喱饭，总可以保证吃得下。

咖喱饭也分牛肉咖喱、鸡肉咖喱和海鲜咖喱。千万别叫鸡肉咖喱，冷冻得一点味道也没有，海鲜咖喱也是，虾已被冻得半透明。牛肉咖喱最妥当，怎么煮都好吃，运气再坏，也不过是牛肉老得咬不动，但最差也有咖喱汁，这是外卖的经典食物，别错过。

外卖总令我想起当年拍电影时，蹲在野外吃盒饭的情景，但有得开工，不会失业，还是有幸福感的。

忆故友

老朋友像古董瓷器，打烂一件少一件。好的餐厅何尝不是？结业后有些大师傅转到其他食肆，但像内脏移植，躯壳不同，扮相也逊色。

如果你在二十世纪六七十年代到过中国香港，就知道尖沙咀河内道上有家"小榄公"，清蒸出一尾黄脚鱲，从厨房拿出来时已闻到鱼香，绝非假话。

同一区中，美丽华酒店是当年最豪华的旅馆之一，楼上开了间"乐宫楼"，是大家星期天中午饮茶的好去处。那时候的香港人已会欣赏北方菜，乐宫楼座无虚席。女侍应推车叫卖，铁箱中煮了数十只雏鸡，抹上五香粉炸过，再炖至软熟，手撕来吃的山东烧鸡，是多么受欢迎！

另一架车子，卖着弄堂牛肉汤，汤清澈，但味极浓，到底是哪一条弄堂兴起的？无从考据。

花素饺、锅贴、狗不理，等等，叫过一笼又一笼。胡金铨推荐的山东大包子，真的大得像一只成人的鞋子，皮和馅却很松软,一人吃一个,绝无问题。

当年我还是小伙子,在日本拍外景时照顾过老戏骨杨志卿先生,他是舞台演员出身,讲话中气十足,声大得能传到远处,众食客都转头来看。杨先生患痛风,走路一瘸一拐,但因为我的到来,特地买了两罐茶叶约我到乐宫楼叙旧,记忆犹新。

再走过一点,就是东英大厦了。地牢开的"梨花苑",在很久之前,已有韩国宫廷宴,由美丽的伎生陪酒,载歌载舞,一顿饭吃下来数千块港币。名导演李翰祥吃了不够钱付账,到处张罗的往事,至今还是老电影人的笑谈。

金巴利新街上,有家店叫"一品香",专卖沪式小点心,一走进去就看到一口双人合抱那么大的铜锅,里面煮的油豆腐粉丝,要有那么大容量的铜锅才能把食材煮得够味。铜锅的一边有个柜台摆满现成的食物:油焖笋、海蜇头、拌莴苣、油泡虾、毛豆雪里蕻、凤尾鱼,等等。当今的一些上海菜馆还能找到,但是熏蛋和熏猪脑也几乎绝迹,尤其是一块块染红、煮得软绵绵的五花腩,就再也没见过了。

"一品香"隔几家店,有家著名的潮州菜馆,这家菜馆的潮州菜非常地道,所做的高佬粥最出色,粥中有干鱿和鲜鱿、干贝、蚝仔和鱼片,材料极为丰富,是酒后养胃的最佳食物。

金巴利旧街的角落,开了一家北京菜"远东",鸡翅煲的翅最多、汤最浓;点些没有馅、带点甜味的馒头来吃,一流。因为价廉物美,电影公司的记者招待会或庆功宴多数在这里举行,看明星的客人也都涌来了。

说到电影明星,海防道上的"金冠"最多人光顾,结婚酒席都在那里摆。至于食物如何,没有印象,是一般的了。

再走几步,就有家夜总会叫"BAYSIDE",香港歌星驻唱,再由菲律宾乐队伴奏,大家在那里跳恰恰。那时是迪斯科还没有出现的年代。

但是最令老饕难忘的,是宝勒巷前面那片的"大上海"老店,懂得吃的客人不看菜单,侍者欧阳直接拿着筷子套前来。

当天最新鲜的食材,都写在筷子套背后的那张纸上,第一次尝沪菜的人看不懂,图菜是水鱼,樱桃是田鸡腿,试问广东人怎么能搞清楚?

遇上冬笋、草头、塔古菜等应季的时蔬,令怀念家乡的上海佬大喜,一次性都点了,面不改色。

前菜的分量极大,计有海蜇头、油泡虾、酱鸭、肖肉等,还有红烧后结成冻再切片的羊羔,最具特色。欧阳见你是熟客,就几样拼成一盆。不常来的,每样给你一大碟,未上主菜已经要吃撑了。

当年还有正宗黄鱼,一大尾,可分成两吃或三吃,前者片块油炸及煮汤,后者加了一味红烧。

炒鳝糊上桌,滋滋作响,声音发自铺在鳝鱼片上面的猪油。鳝鱼片凹了进去,中间盛着蒜蓉和油,拌起来再吃,当今已经没有大师傅做得出了。

蛤蜊炖蛋也在那里才吃得到。选了肥大的蛤蜊，去沙，让它沉在蛋浆下面，再蒸。蛤蜊熟后打开，流出汁水来，混入蛋中。

谁说上海人的鱼翅做得没广东人好？上海的鱼翅斤两十足，以本伤人，汤又用大量火腿和老母鸡熬出。至今想起，"大上海"的确是沪菜做得最好、最正宗的一家餐厅。

已逝矣，故友们。时间是不可挽回的，你恨吾生已晚亦无用，像孝顺老人家一样，要趁他们在世时造访。香港还有众多朋友等你去结交，像"天香楼""镛记""陆羽茶室""莲香""鹿鸣春""尚兴"和"创发"。照样要吃的话，选些能丰富你的记忆的，别老是有什么吃什么，这样，对不起自己。

儿时小吃

一生已足，回去干什么？但是，如果能够，倒是为了尝尝当时的美食。

早年的新加坡，像一个懒洋洋的南洋小村，小贩们刻苦经营，很有良心地做出他们传统的食物，那时候的那种美味，不是笔墨能够形容的。

印象最深的是"同济医院"附近的小食档，什么都有。一摊子卖的卤鹅，卤水深褐色，直透入肉，但一点也不苦，也没有丝毫药味，各种药材是用来软化肉的纤维的，咸淡正好。你喜欢吃肥一点的，小贩便会斩脂肪多的腿部给你；不爱吃肥的就切一些肋边瘦肉，肉质一点也不粗糙，软熟无比，与当今的卤水鹅片一比，两者相差个十万八千里。没有机会尝过的人，绝对不明白我在说什么。

但是吃不到又有什么怨叹呢？年轻人说。对的，我只提供给你一些数据，也许各位能够找到当年的味道，我自己也在不断地寻找。在潮州乡下的家庭，或者在南洋各地，总有一天能让我找到。

我最喜欢的还有鱿鱼，用的是晒干后再发大的，发得恰好，绝对不硬，尾部那两片"翅"更是干脆，用滚水一烫，上桌时淋上甜面酱，撒点芝麻，好吃得不得了。佐之的是空心菜，也只是烫得刚刚熟，喜欢刺激口味的话可以淋上辣椒酱。

这种摊子也顺带卖蚶子，一碟一碟地摆在你面前，小贩拿去烫得刚好，很容易掰开，那时候整个蚶子充满血，一口咬下，那种鲜味天下难寻。一碟不够，吃完一碟又一碟，吃到什么时候为止？当然是吃到拉肚子为止。

这种美味不必回到从前，当今也可以得到，到九龙城的"潮发"，或者走过两三条街到城南道的泰国杂货铺，或者再远一点去启德道的"昌泰"，都可以买到肥大的新鲜蚶子。

蚶子洗干净后，放进一个大锅中，另烧开一大锅水，滚水往上一淋，用根大勺搅它一搅，即刻倒掉滚水，蚶子已刚刚好烫熟，一次不成功，第二次一定学会。

烫熟后的蚶子，很容易就能把壳剥开，还不行的话，当今有根器具，像把钳子，插进蚶子的尾部，用力一按，即能打开蚶壳。在香港难找，可在网上买，非常便宜。

当今，吃蚶子是要冒着风险的，吃得不对，很多毛病都会产生，肠胃不好的人千万别碰，偶尔食之，还是值得拼老命的。

"啰惹（rojak）"是马来小吃，但正宗的当今也难找了。首先用一个大陶钵，下虾头膏，那是一种把虾头、虾壳腐化后发酵而成的酱料，加糖、花生末和酸汁，再加大量的辣椒酱，混在一起之后，就把新鲜的葛、青瓜、菠萝、青柁果切片投入，搅了又搅，即成。

高级的做法，材料之中还有海蜇皮、皮蛋等，最后加香蕉花才算正宗。同一个摊子上也卖烤鱿鱼干。令人一食难忘的是烤龙头鱼，又称"印度镰齿鱼"，广东人叫"九肚鱼"，这种鱼的肉软细无比，是故有人叫它为"豆腐鱼"。奇怪的是，将它晒干后又非常的硬，在火上烤了，再用锤子大力敲之，上桌时淋上虾头膏，是仙人的食物，当今已无处觅了。

上述的是马来啰惹，还有一种印度啰惹，是把各种食材用面浆裹上，再拿去炸，炸完切成一块块，最后淋上酱汁才好吃，酱汁用花生末、香料和糖制成。酱汁不好，印度啰惹就完蛋了。如今我去新加坡，试了又试，一看到有人卖啰惹就去吃，没有一家能吃出从前的味道，新加坡小吃已是有其形而无其味了。

说到印度，影响南洋小食极深，其他有最简单的蒸米粉团。印度人把一个大藤篮顶在头上，你要时他拿下来，打开盖子，露出一团团蒸熟的米粉，弄一片香蕉叶，把椰子糖末和鲜椰子末撒在米粉团上，就那么吃，非常非常美味，想吃顿健康的早餐，这是最佳选择。

印度人制的煎粿，在中国内地时常可以吃到同样的东西。那是用一个大的平底鼎，下面浆，上盖，慢火煎之。煎到底部略焦，内面还是软熟时，撒花生糖、红豆沙等，再将圆饼折半，切块来吃。当今虽然能买到，但已失去原味。

　　福建的虾面，是用大量的虾头、虾壳捣碎后熬汤，再加猪尾骨一起熬，那种香浓是笔墨难以形容的，吃时撒上辣椒粉、炸蒜头。虾肉蘸辣椒酱、酸柑，这种做法其实不是很难复制的，但就是没有人做，前些时候上环有些年轻人依古法制作，可惜就没那个味道，可能是因为年轻人没有吃过吧。

　　令人怀念的还有猪杂汤，那是把猪血和内脏煮成一大锅来卖的，用的蔬菜叫珍珠花菜，当今罕见，如今多数用西洋菜来代替，吃时还常撒上用猪油炸出来的蒜头末和鱼露。当今去潮汕还能找到这种猪杂汤，香港上环街市有陈春记在卖，曼谷小贩档的最为正宗，但一切都比不上我儿时吃的味道。那年代的猪肚要灌水，灌无数次后，猪肚的内层脂肪变成透明，肥肥大大的一片猪肚，用这种方法做出来的猪杂汤味道高级，令人毕生难忘，也是永远找不回来的味道了。

吃的情趣

好吃的小贩食物一件件消失。你去找，还是有的，却是有其形而无其味，吃什么都是像发泡胶的东西，加上一口味精水的口感。

因为大家不做要求，没有了要求，就没有供应，美食是绝对存在不下去的，剩下的只是浮华的鲍参翅肚。这些食材，也慢慢地被吃到绝种。

你会吃，你去提倡呀，你去保留呀，友人说。没有用的，大趋势，扭转不过来。外国人有句话，打不过，就去加入他们吧。我看今后，也只有往快餐这条路去走了。

但是，尽管有糊口求生的，也有可以吃得优雅的。

我还是对年轻人充满希望，我相信他们其中一定有人对自己有要求，对生活的质量有要求，不必跟随别人怎么走。

对生活质量有要求，先得提高自己的独立思想，管别人会不会吃，自己会吃就是了。但是，鲥鱼、黄鱼等已经灭绝了，那也不要紧，就像我在印度山上时，一个老太婆每天煮鸡给我吃，我吃厌了，问她说"有没有鱼？"她说："没有，鱼是什么？""啊，你不知道鱼是什么，我画一条给你看看。"老太婆看了，说："啊，这就是鱼？样子好怪。"

我骄傲地说："你没有吃过鱼，好可惜呀！"

"我没有吃过，又有什么可惜呢？"老太婆回答。

是的，年轻人说，我没有吃过鲫鱼，我没有吃过黄鱼，又有什么可惜呢？

我在短短的几十年生涯中，已看到食材一种种消失，忽然之间，就完全地不见了，小时候吃的味道也一样，再也找不回来了。

为什么？理由非常之简单，年轻人没有试过的食材，不知道是怎么一回事，消失就消失，不是他们关心的事，只要有游戏机打，吃什么都不重要。

城市生活的富裕，令子女不必像其父母那么拼命，他们对有没有食物吃不担忧，也不必考虑有没有地方住，反正爸妈会给他们留下来，干什么那么辛苦？

连街边小贩的生活也逐渐改变，有了积蓄，就想到退休。说实在的，每天干活，一天十几个小时，脚也生出毛病。忽然有一批新移民涌了进来，他们也要找点事做，啊，就把摊子卖给他们吧！

你卖给我，我不会做呀！容易，煮煮面罢了，又不是什么新科技，你不会做，我教你好了，三天就学会，不相信你试试看。

试了，果然懂得怎么做。真聪明，我早就告诉你很容易嘛，你自己学会了，可以自己去赚钱。

基本的东西是不会灭绝的，一碗好的白米饭，一碗拉得好的面，总在那里。

今后的食物，只会越来越简单，但是，我们总得要求吃得好，吃得精细。什么地方的菜最好，什么地方的面最好，一种种去追求，一种种去比较，一比较就知道什么地方的最好。

满汉全席已经消失，西方帝皇式的盛宴也不会再存在，大家都往简单的和方便的路去走，也许今后会有人将之重现，但不吃已久，也不知道怎么去欣赏了。年轻人的味觉正在退化，但是我希望年轻人对生活的热情不要消失。

回到基本的食物吧，一碗白米饭，淋上香喷喷的猪油，是多么美味！

什么？猪油，一听到就已经吓破了胆！

但是，在医学上、科学上都已证明猪油比植物油更健康，怕什么呢？你们怕，是因为你们没有洗过碗，一洗碗就知道了，盛猪油的碗一冲热水就干干净净了；盛植物油的碗，洗破了手皮，也是油腻腻的。

"洗碗已经用洗碗机了"，有些人这么反驳我。但我说的是一种精神，猪油是好吃的，猪油是香的，像我早已说过几十、几万遍一样。

也像我说的，鲑鱼刺身别去吃，有寄生虫，大家不相信。现在吃出了毛病,又怪谁呢?

我们年纪大了,吃的东西越来越简单,所以又变成"主食控"这个说法,其后,年轻人也是主食控,只不过他们的主食变成了火锅而已。

穷凶极恶地吃,这样的年代总会过去的,花无百日红,经济也不会一直好下去,总会有衰败的日子来到。等到这么一天,大家都得逼迫自己去吃简单的白米饭,去吃一碗面条。在这种时候没有来到之前,我们做好准备吧,至少心理上,我们要学会节制了。

简单之余,要求精。煮饭的时间得控制得准;米饭一粒粒煮得亮晶晶的;面条要有韧性,要有面的劲道。

吃,是一种生活态度、一种热情,其他的可以消失,但是热情不可以消失。

吃的情感

新年快到,又想起吃饺子。

饺子命不好,总在面和饭的后面,不算是主食,也并非点心;饺子的地位并不高,只做平民,当不上贵族。

对北方人来说,饺子是命根儿,他们胃口大,一顿吃五十个,南方人听了咋舌。我起初也以为是胡说,后来看到来自山东的好友吃饺子,那根本不叫吃,而是吞,数十粒水饺煮好,用个碟子装着,就那么扒进口,咬也不咬,五十个?等闲事。

印象最深的也是看他们包水饺了,皮一定要自己擀,用个木棍子,边滚边压,圆形的一张饺子皮,就那么制造出来。仔细看,还有巧妙,皮的四周比中间薄一半,包时就那么"一二三"地双手把皮叠压,两层当一层,整个饺子皮的厚薄一致,煮起来就不会有半生不熟的部位。

我虽是南方人,但十分喜欢吃水饺,也常自己包,但总觉得包得没北方人包得好看,就放弃了。目前常光顾的是一家叫"北京水饺"的店,开在尖沙咀,每次去"天香楼"就跑到对面去买,第二天当早餐。

至于馅,我喜吃的是羊肉馅的水饺,茴香馅的水饺也不错,白菜猪肉饺就嫌平凡了。去到青岛,才知道馅的花样真多,那边靠海,用鱼虾做馅,也有包海参和海肠的,也有加生蚝的,总之鲜字行头,实在好吃。

相比起来,日本的饺子就单调得多了,他们只会用猪肉和高丽菜当馅,并加大量的蒜头。日本人对大蒜又爱又恨,每次闻到口气,他们总尴尬地说:"吃了饺子。"

日本人所谓的饺子,只是我们的锅贴,他们不太会蒸或煮。做法是包好了,一排七八个,放在平底锅中,先将一面煎得有点发焦,这时下水、上盖,把另一面蒸熟。吃时蘸点醋,绝对不会蘸酱油,他们只在拉面店卖饺子,拉面店也只供应醋,最多给你一点辣油。我不爱放醋,有时吃到没味道的饺子,真是哭笑不得。

饺子传到韩国去,叫为"mandu",一般都是蒸的。目前水饺很流行,像炸酱面,已变成了他们的"国食"之一。

一般,水饺的皮是相当厚的,北方人把水饺当饭吃,皮是填饱肚子的食物。到了南方,皮就逐渐薄了起来,水饺变成了云吞,皮要薄得看到馅。

我一直嫌店里葱油饼的葱太少,看到肥美的京葱,买三四根回家切碎了,加胡椒和盐包之,包的时候尽量多下一点葱,包得胖胖的,最后用做锅贴的方法下猪油煎之,这是"蔡家饺子"。

饺子的包法千变万化，这方面我是白痴，朋友怎么教我也教不会，看到视频照着做，当然也不成功，最后只有用最笨拙的方法，手指蘸了水在饺子皮周围画一圈，接着便是打褶按紧，样子奇丑，皮不破就算大功告成了。

也试过买了一个包饺子的机器，意大利人发明的，包出来的饺子大得不得了，怎么煮也不熟，最后放弃。

日本早有饺子机，不过那是给大量生产时用的，家庭用的至今还没有出现，他们又发明了煎饺器，原理是用三个浅底的锅子，下面有输送带子，一个煎完另一个推前，看起来好像很容易，但好不好吃就不知道了。

饺子，还是大伙一块包、一块煮、一块吃最好，像逢年过节，或家中团圆，一起包饺子就觉得温暖。记忆最深的一次是被好友请到家中，吃他的山东岳父包的饺子，虽然只是普通的猪肉白菜馅，但那是我吃过的饺子中最好的一餐。

我自己包的饺子，是没有学过，无师自通的。当年在日本，同学们都穷，都吃不起肉，大家都"肉呀、肉呀，有肉多好"地呻吟。

有鉴于此，我到百货公司的低层食物部去，见那些卖猪肉的把不整齐的边肉切下，正要往垃圾桶中扔的时候，向肉贩们要，他们也大方地给了我。

拿回家里，下大量韭菜，和肉一齐剁了，打一两个鸡蛋进去拌匀，有了黏性，就可以当馅来包饺子了。同学们围了上来，一个个学包，包得不好看的也保留，就那么煮起来，包饺子的方法完全凭记忆，肚子一饿，就能想起父母怎么做，就会包了。

那一顿水饺，是我们那一群穷学生吃得最满意的。后来，其中一个同学去了美国，当了和尚，一天回到中国香港来找我，问他要吃什么斋，我请客。他说要吃我包的水饺。我叫道，你疯了吗？那是肉呀。他回答说，他吃的是感情和回忆，与肉无关。

友人郭光硕对饺子的评语最中肯，他说："奔波劳碌，雾霾袭来，没有一顿饺子解决不了的事情。实在解决不了，再加一根大葱蘸大酱，烦恼除净，幸福之至。"

当今也有人把"龙袍"硬披在饺子身上，用鹅肝酱、松茸和海胆来包。要卖贵吗？加块金更方便，我最看不起这一招了。

说不完的美食

和小朋友聊天，她笑道："天下的美食，都给你试过了？"

"瞎说。"我轻骂，"再活三世，也不一定吃得完。"

"给你一张会飞的地毯，现在要去哪里就去哪里，有什么东西最先入脑？"

"我忽然想吃火腿。"

"啊，庞马火腿加蜜瓜？"她问。

"庞马的虽然很软熟，但到底韵味不够。现在流行吃西班牙的黑猪腿，可别忘记意大利还有一种很突出的火腿，叫圣丹纽（San Daniele）。"

"在意大利的什么地方？"

"靠近华隆那的Treviso中世纪小镇，本身就是一个很古老很漂亮的地方，又靠海，那里的天气和湿度特别适合风干火腿，什么化学物都不加，只用海盐腌制，肉是深红玫瑰色，香得不得了，不比西班牙的差，又没被追捧，价钱相对便宜。每年六月有个火腿节，各制造商都推出自家的火腿让过路的客人试吃。"我一口气说完。

"专门卖食物的商店呢?巴黎的Fauchon怎样?"

"Fauchon的种类齐全,又很高级,希腊小岛生产的乌鱼子也让这家公司包下来卖,但是说到店里的装修,还是俄国莫斯科的Yeliseyfusky厉害。"

"你去过了吗?"

"没去过,但是单单看图片,就深深吸引了我,整家店的楼顶有三四层高,食物架子像大教堂中的风琴,摆满了鱼子酱和伏特加,以及全世界最高级的食品。"

"哇,那么厉害?"

"这家店铺把Art Nouveau(新艺术风格)装修艺术保留得尽善尽美,是我最想光顾的地方。"

"还有呢?"

"每年五月的第一个星期六,德国的Schwetzingen[①]有一个白芦笋节,那里种的芦笋特别肥大而香甜,以前只有国王才能享用的,如果你去到当地,就可以免费大吃特吃。"

"告诉我,白芦笋和绿芦笋的分别。"

"白芦笋种在泥沙的地质上,遮挡阳光,变得又软又甜,如

---

① 施韦青根:是德国巴登—符腾堡州的一个小镇,距离海德堡约10公里。施韦青根城堡是小镇最著名的地标性建筑。

果看到笋尖变成紫色，已没那么完美了。"

"德国菜好吃吗？"

"不好吃，而且种类没什么变化，但是原料无罪，那里的白芦笋的确是别的国家比不上的。"

"Schwetzingen在德国的什么地方？"

"就在著名的大学城海德堡附近，吃完芦笋顺道到海德堡一游，听听音乐剧《学生王子》，不亦乐乎。"

"美国呢？"

"除了纽约之外，很难有什么城市吸引我去。尤其是"9·11"事件之后，杯弓蛇影，草木皆兵，过海关被当恐怖分子那么查，何必受那种老罪？"

"没有一种美国食物让你非尝不可？"

"我认为唯一能称为美国美食的，只有一种辣椒豆。而新墨西哥州Santafe是我想去的。"

"有什么特别的？"

"那里的辣椒节汇集了全美国嗜辣者，你只要做出一道有创意的辣椒菜，被选中后就可以一生免费去吃。有很多烹饪班，教你怎么把辣椒做得尽善尽美。最出名的辣椒餐厅叫Coyote Cafe，其他两家是Amavi和La Casa Sena。"

"大排档呢？"

"到全世界最大的市集——摩洛哥的Marraakelh去，那里的大排档别说吃不完，走都是走不完的。把天下的香料都集中在一起了,任何蔬菜和肉类,除了猪肉之外,都齐全;牛羊内脏烤得让人流口水,价钱也便宜得让人发笑,可上网一查就知道。"

"为喝酒而去的呢?"

"到大西洋的小岛曼蒂拉(Madeira)吧。古时从欧洲把酒运到南洋,酒会变坏,在中间的这个小岛上,航海家发明了把白兰地加进餐酒中的方法,这么一来酒就停止发酵,而且变得更香更甜。曼蒂拉酒的年份都是久远的,年份近的一支是一九七七年的Verdelho,一杯十美元左右,卖到一百美元的是一九〇八年的Buel,最甜的有Malvasa,一点也不贵,喝杯曼蒂拉酒,人间乐事也。"

"还有吗,还有吗?"

"还有,还有。三年也说不完,别说下去了。"

口味的转变

随着年龄的增长，饮食习惯不断地改变，由从前的大吃大喝，变成当今的浅尝而已。

可以说是挑剔吗？也不尽然，好吃的多吃几口，不喜欢的完全不去碰，不算是选精择肥，吃多吃少罢了。

最怕的是被请客时，桌上出现的鲍参肚翅，我一看到就想跑开。不管做得多精美，总之引不起我的食欲，见到蒸出来的一条石斑之类的海鱼，最想吃的是碟底的鱼汁，淋在白米饭上，美味至极。

从前一点饭也不吃的我，只顾喝酒，当今却深爱那碗香喷喷的白米饭，就算摆着山珍海味，也要求来一碗白米饭，这个转变最大。

怪不得国内人士说年纪大了都会变成"主食控"，主食指饭类或面类，而"控"就是"发狂"的意思，成为"面痴""饭痴"。

这是怎么造成的？在外旅行的时间多，晚宴不吃饱的话，半夜三更饿起来不是好玩的事,叫酒店服务很麻烦,不但不好吃,而且要等老半天才送上来,扒一两口就吃不下去,浪费得很。

所以被请客时不管多饱,我都会把桌上吃剩的菜打包起来,或者请侍者另来一两个馒头,如果不饿就不去碰,反正来个保险也好。

在国内旅行时不这么做是不行的,第一道菜上的总是鲑鱼刺身,啊,怎么吃得进肚?菜不断地上,杯盘重叠,竟没有一道菜能让人举筷去夹,面是我这个面痴最爱吃的。上次去福建做活动时,我就早一点去外头叫碗面吃,如果不出街,就在酒店餐厅来一客炒面填肚,反正应酬饭是吃不下的。虽然有各式各样的海鲜,但蒸一尾鱼,怎么也蒸不过中国香港的。

到了外国,日本的旅馆大餐虽佳,什么都有,我也只会择几样尝尝。吃的东西实在太丰富了,但总等不及,请侍女来一碗白米饭、一碟泡菜、一碗面酱汤,饿也可以任添,日本餐不会吃不饱的。

去了法国有点麻烦,一餐总要吃上两三个钟头。并不是每一道菜都是自己喜欢的,试一试就放下刀叉。等菜上桌时,面包还是热腾腾的。好的餐厅一定自己烘面包,都有水平,加上那上等的牛油,正餐未开始已经填满肚子,吃法国菜时一向是不必打包回房间的。

意大利餐最随和,总之有各种美味的意粉可以填肚。他们的火腿也出色,其实意粉和火腿已经可以解决一切,再不然来碟意大利云吞,他们的云吞包得很小很小,每个都是迷你型的,好吃得很。加上饭前已灌了几杯猛烈的Grappa,轻飘飘的,吃什么都快乐得很。

印度菜一点也不简单,别以为全是咖喱,花样可真多,但也不全是合口味的,试了一下就算了。最好吃的是那钵羊肉焗饭,做得可真精致,用一个银制的餐器装着,上面一层面包皮密封,打开之后香气扑鼻,淋一点咖喱汁,就能解决一餐。

当今,能令我忘记白米饭的,也只有韩国菜,一开始就是十几二十种免费小菜,总有几道可以浅尝的,来一杯土炮马格利,更能打开胃口。接着是拌生牛肉,他们用大蒜和芝麻油及蜜糖等拌着,另有酱汁蒸鱼、牛筋牛腩炖汤,好吃的东西数之不尽,以为韩国只有kimchi(泡菜)和烤肉的人是个大傻瓜。

吃韩国菜时,唯一能引我吃一口白米饭的,是当酱油螃蟹上桌时,望着那蟹壳里面金黄的膏,忍不住也要夹一口白米饭放进去捞,那种美味,令我觉得吃韩国菜最满足,而且百食不厌。

回到香港,我脚伤时,住了两个星期的医院,餐厅里的煲仔饭是最有名的,友人来探望我,目的也是那煲咸鱼肉饼有饭焦的佳肴。

有时请人去"生记"的阿芬那里煮一大碗粥来吃,加鱼卜、生鱼片、肉丸、猪肝、猪心,那不是一碗粥,是一场食物相逢的盛宴。

当然各类的点心食之不尽,"陆羽"的猪肝烧卖、虾饺和粉果、炸酱捞面、白肺汤和咕噜肉，等等。再无食欲，看到了都会吞个干干净净，再加上四两炸云腿，口水流个不停。

"鹿鸣春"的炸双冬（冬笋、冬菜）加鱼松、烧饼夹牛肉、炸元蹄、京烧羊肉、芫荽炒喉管、酒糟鹅肝，等等，我不会浅尝，只会大吃。最后来个山东大包子，再饱也能吃得下。

还是从"天香楼"打包的食物吃得过瘾。酱鸭、马兰头、鸭舌头、蟹粉炒虾仁、烤田鸡腿、咸肉塌菜、鸭子云吞汤，就算不吃这些，来一碟他们泡的酱萝卜，已是人间美味。

简单一点，到美华餐厅来两个大粢饭，里面包的"油炸鬼"是炸了两次的，爽脆无比，还添榨菜和大量的肉松，另外还有那碗咸豆浆及油豆腐粉丝……最可惜他们做的蛤蜊炖蛋不能打包。

住医院，住出一个大胖子来。

近来吃些什么

我已年迈,对于吃,进入一个新阶段。

不吹毛求疵了,在餐厅吃到一顿差的,怪自己要求过高。少吃几口,不再批评。

一般吃些什么呢?愈来愈觉得白米饭好吃,从前不是这样的,根本就很少去碰白米饭。喝酒嘛,以菜送之,已饱。一般的餐厅也因为这样,煮的白米饭很粗糙,反正客人不会去吃。不像西餐,洋人胃口大,先来面包,所以食肆对面包的要求十分严格,可以说如果那家人没有白焙面包的话,就不必光顾了。

白米饭,内地人称为主食,年纪大了,都成为"主食控","控"这个字是说"非有不可"。为什么会成为主食控呢?菜吃得少了,来几口白米饭,否则半夜会肚子饿。而且,山珍海味都尝过,没什么大不了,不及一碗好的白米饭来得香。

南方人爱吃米饭,北方人爱吃面。我这个南方人,对面条的喜爱还是很深的。没有饭,来碗面也行;没有面,塞个馒头,来碗水饺,照样乐融融。

别人请客，菜还是吃的，只是吃得少罢了。每样来几小口，什么地沟油、孔雀石绿、苏丹红都不怕，不会食物中毒，但是最好还是来碗白米饭，浇些菜汁，吃得饱饱。

大肥肉还是吃的。不多吃没事，所有吃出毛病的，都是狂咽造成的。喜欢的就吃，到了这个年纪，还怕这个，怕那个，说这个不可，那个不可，都是废话。愈听愈生气，几乎翻台①。

酒一点也不喝了吗？也不是，不好喝的酒，何必薄待自己。遇到佳酿，还是可以喝上半瓶，尤其是和好友共饮。话不投机的，两口算了。

你喝的都是成千上万元一瓶的酒吧？友人笑骂。也不是，任何酒喝多了，味道都是一样的。任何酒鬼，到了最后，必定爱喝单麦芽威士忌。为什么不是白兰地呢？白兰地糖分太多，已有白米饭补足了，不必再喝。至于中国白酒，那是中国人独爱的，一般外国人都喝不惯，醉酒后那股气味，实在令人受不了。

威士忌本身无色无味，都是靠泥煤或者浸的木桶弄出来的，而最好的木桶，是在西班牙或葡萄牙酿制"雪利酒"的桶浸出，所以麦卡伦等酒类品牌，要免费制造橡木桶送给雪利酒厂，等他们用完后再运回苏格兰。

---

① 翻台：客人用餐完毕后重新收拾并放置新的餐具。根据上下文可理解，这里指生气不吃了，走人。

既然雪利酒味那么重要,那么我有时在普通的单麦芽威士忌中加几滴雪利酒,就喝得下去了。如果净饮也许会呛喉,勾了水,问题就消失,所以我喝的威士忌也不一定是最贵的,反正喝到第三四杯就没什么分别,我时常买一百多港币一瓶的"雀仔威",那是"镛记"的已故老板甘健成叫出来的,威士忌中有款叫"The Famous Grouse"的,招牌上画着一只松鸡,健成兄也不知这只"Grouse"是什么鸡,就称它为"雀仔",以此命名。

雀仔威加了苏打水,好喝得很,一般人以为价钱便宜就不好喝,这是他们笨。这家厂是苏格兰历史最悠久的,产品有一定的水准,当今被麦卡伦收购了,也许职员们下班之后,都不喝麦卡伦,一面喝雀仔威一面偷笑。

话扯远了,几千几万元的威士忌照喝,雀仔威也照喝,是现在的这个阶段。

旅行时,到了三更半夜肚子饿,我一向是不喜欢叫酒店的客务部送餐的,等得又久又不好吃又贵,是酒店房间送餐服务的特点。这个时候我宁愿吃泡面,行李中总会预备一个杯面。另一个方法,是毫不客气地把晚餐时的剩菜打包,再叫一碟锅贴,什么问题都解决了。

自己在家里,有时家务助理会煮些粥,用日本米或五常米,实在又稠又香,再来几块腐乳,或来一点泡菜,也很满足。泡菜还是要自己动手做,我最拿手的是泡芥菜。当今的芥菜长得最好,取其心,加大蒜、鱼露和糖,吃过的人无不赞好。泡出瘾来，芦笋也可以泡，不然大芥蓝的粗梗也可以泡，至于韩国kimchi（泡菜），还是韩国女人做得好。我做的比不上她们的，买一点放在冰箱中，随时伸手可吃。

三更半夜时，我还爱吃意大利粉，在超市买回来后，照包装纸背后的指示，有的煮三分钟，有的七八分钟或十几分钟，但还是再加多几分钟才够软熟，意大利人所谓的"咬头"，是他们才吃得惯，我们总觉硬得要死。

大碗中，加了最好的橄榄头，再添一点老抽和生抽，面熟了捞出拌匀，最美味。要豪华版的，可加黑松露酱；更厉害的，把两三匙秃黄油添进去，吃完不羡仙矣。

至于餸菜，开一罐葡萄牙的沙甸鱼罐头吧，每个国家都生产沙甸鱼罐头，很奇怪，只有葡萄牙的做得好吃。当今最流行的是去沙甸鱼罐头专门店购买，澳门开了一家叫"Loja Das Conservass"，有几百种选择，到了澳门，千万别错过。

有时不想吃传统的东西，那么来一点芝士好了。我发觉有一种日本人叫为"酒盗"的食物，是用海参的肠腌制的，就那么吃太咸，如果加上意大利的软芝士，就是天衣无缝的一种组合，你试试看就知道。

跋·以"真"为生命真谛，只求心中真喜欢

不拘一格降人才

要用文字素描一个人，当然要先写下他的名字：

蔡澜。

然后，当然是要表明他的身份。

对一般人来说，这很容易，大不了，十余个字，也就够了。可是对蔡澜，却很费工夫。而且还要用到标点符号之中的括号和省略号，括号内是与之相关，但又必须分开来说的身份，于是在蔡澜的名下，就有了这些：

作家，电影制片家（监制、导演、编剧、策划、影评人、电影史料家），美食家（食评家、食肆主人、食物饮料创作人），旅行家（创意旅行社主持、领队），书法家，画家，篆刻家，鉴赏家（民间艺术品推广人、民间艺术家发掘人），电视节目主持

人，好朋友（很多人的好朋友）……还有许多，真的不能尽述。

这许多身份，都实实在在，绝非虚衔，每一个身份，都有大量事实支持，下文会择要述之。

在写下了那么多身份之后，不禁喟叹：人怎么可以有这样多方面的才能？若是先写下了那些身份，倒过来，要找一个人去匹配那些身份，能找到谁？

认识的人不算少，奇才异能之士很多，但如能配得上这许多身份的，还是只有他：蔡澜！

蔡澜，一九四一年八月十八日生于新加坡（巧之极矣，执笔之日，就是八月十八日，蔡澜，生日快乐），这一年，这一天，天公抖擞，真是应了诗人所求，不拘一格，降下人才。

人才易得，这许多身份不只是名衔，还有内容，这也可以说不难，难得的是，他这人，有一种罕见的气质，或气度。那些身份，都或许可以通过努力获得，但气度是与生俱来，是天生的，他的这种气质、气度，表现在他"好朋友"这身份上。

桃花潭水深千尺

好朋友不稀奇，谁都有好朋友，俗言道：曹操也有知心人。不过请留意，蔡澜的"好朋友"项下有括号：很多人的好朋友。

要成为"很多人的好朋友"，这就难了。与他相知逾四十年，从未在任何场合听任何人说过他坏话的，他凭什么能做到这一点？

凭的，就是他天生的气质，真诚交友的侠气。真心，能交到好朋友，那是必然的事。

以真诚待人，人未必以真诚回报，诚然，蔡澜一生之中，吃所谓"朋友"的亏不少，他从来不提，人家也知道。更妙的是，给他亏吃的人士知道占了他的便宜，自知不是，对他衷心佩服。

许多朋友，他都不是刻意结交来的，却成为意气相投的好友，友情深厚的，岂止深千尺！他本身有这样的程度，所交的朋友，自然程度也不会相差太远。

这里所谓"程度"，并不是指才能、地位，而是指"意气"，意气相投！哪怕你是贩夫走卒，一样是朋友，意气不投，哪怕你是高官富商，一样不屑一顾，这是交友的最高原则。

这种原则也不必刻意，蔡澜最可爱的气质之一，就是不刻意的君子。有顺其自然的潇洒，有不着一字的风流，所以一遇上了可交之友，自然而然友情长久，合乎君子交游的原则。从古至今，凡有这样气质者，必不会将利害得失放在交友准则上，交友必广，必然人人称道。把蔡澜朋友多这一点，列为第一值得素描点，是由于这一点是性格天生使然，怎么都学不来——当然，正是由于看到他的许多创意，成为许多人模仿的目标，所以有感而发。

蔡澜的创意无穷，值得大书特书。

千金散尽还复来

蔡澜对花钱的态度,是若用钱能买到快乐,他会不惜代价去买。若用钱能买到舒适,也会不惜代价去买……

这样的态度,自然"花钱如流水",钱不会从天上掉下来,也自然要设法赚钱。

他绝对是一个文人,很有古风的文人。从他身上,可以清楚感到古人的影子,尤其像魏晋的文人,不拘小节,潇洒自在。可是他又很有经营事业的才能,更善于在生活的吃喝玩乐之中发现商机,成就一番事业,且为他人竞相模仿。

喜欢喝茶,特别是普洱,极浓,不知者以为他在喝墨水,他也笑说"肚里没墨水,所以喝墨水",结果是出现了经他特别配方的"抱抱茶",十余年风行不衰。

喜欢旅行,足迹遍天下,喜欢美食,遍尝各式美味,把两者结合,首创美食旅行团。在这之前,旅行团对于参加者在旅行期间的饮食并不重视,食物大都简陋。蔡澜的美食旅行一出,当然大受欢迎,又照例成为模仿对象。参加过蔡澜美食旅行团的团友,组成"蔡澜之友",数以千计,有参加十数次以上者。这种开风气之先的创举,用一句成语——不胜枚举,各地冠以他名字的"美食坊"可以证明。

这些事业,再加上日日不辍地写作,当然有相当丰厚的收入,可是看他那种大手大脚的用钱方式,也不禁替他捏一把汗。

当然，这十分多余。数十年来，只见他愈花愈有。数年前，他遭人欺骗，损失巨大（八位数字），吸一口气；不到三年，损失的就回来了，主宰金钱，不被金钱主宰，快意人生，不亦乐乎。

真正了解快乐且能创造快乐、享受快乐，当年有腰悬长剑、昂首阔步于长安道路的；如今有背着僧袋，悠然闲步在香港街头的，两者之间，或许大有共通之处？

众里寻他千百度

对人生目的的追寻，可以分为刻意和不刻意两种，众里寻他，也可以理解为对理想的追寻。

表面上的行为活动，是表面行为，内心对人生意义的探讨，对人生理想的追求，则属于内涵。

虽说有诸内必形诸外，但很多时候，不容易从外在行为窥视内心世界。尤其是一般俗眼，只看表面，不知内涵，就得不到真实的一面了。

看人如此，读文意更如此。

蔡澜的小品文，文字简洁明白，不造作，不矫情，心中怎么想，笔下就怎么写，若用一个字来形容，就是：真。

乍一看，蔡澜的小品文，写的是生活，他享受的美食，他欣赏的美景，他赞叹的艺术，他经历的事情，大千世界，尽在他的笔下呈现。

试想,他的小品散文,已出版的,超过了一百种,即便是擅长写此类文体的明朝人,也没有一个人留下这许多作品的,放诸古今中外,肯定是一个纪录。

能有那样数量的创作,当然是源自他有极其丰富的生活经历。

读蔡澜的小品散文,若只能领略这一点,虽也足矣,但是忽略了文章的内涵,未免太可惜了。"谁解其中味"?唯有能解其中味的,才能真得蔡文之三昧。

他的文章之中,处处透露对人生的态度,其中的浅显哲理、明白禅机,都使读者能得顿悟,可以把本来很复杂的世情困扰简单化:噢,原来如此,不过如此。可以付诸一笑,自然快乐轻松,这就真是"蓦然回首"就有了的境界,这是蔡澜小品文的内涵,不要轻易放过了!

闲来无事不从容

工作能力,每人不同,有的能力高,有的能力低。能力高者,做起事来不吃力,不会气喘如牛,不会咬牙切齿,兵来将挡,水来土掩,旁观者看来,赏心悦目,连连赞叹。能力低者,当然全部相反。

若干年前,蔡澜忽然发愿,要学篆刻,闻言大吃一惊——篆刻学问极大,要投入全部精力,其时他正负电影监制重任,怎能学得成？当时，用很温和的方法，泼他的冷水："刻印，并不是拿起石头、刻刀来就可进行的。首先，要懂书法，阁下的书法程度，好像……哼哼……"那言下之意，就是说：你连字都写不好，刻什么印！

他听了之后，立即回应："那我就先学写字。"

当时不置可否。

也没有看到他特别怎样，他却已坐言起行，拜名师，学写字。

大概只不过半年，或大半年左右，在那段时间内，仍如常交往，一点也没有啥特别之处。一日，到他办公室，看到他办公桌上，文房四宝俱全，俨然有笔架，挂着四五支大小毛笔，正想出言笑话他几句，又一眼看到了一叠墨宝，吃了一惊：这些字是谁写的？

蔡老兄笑嘻嘻地泡茶，并不回答，一派君子。

这当然是他写的，可是实在难以相信。

自此之后，也没有见他怎样呵冻搓手地苦练，不多久，书法成就卓然，而且还是浑然一体，毫不装腔作势。篆刻自然也水到渠成，精彩纷呈，只好感叹：有艺术天才，就是这样。他的这种从容成事的态度，在其他各方面，也无不如此。在各种的笑声之中，今天做成了这样，明天又做成了那样，看起来时间还大有空闲，欧阳先生曰：得其一，可以通其余。

信然！

最恨多才情太浅

蔡澜书法,极合"散怀抱,任情恣性"的书道,所以可观。其实,书道、人道,可以合论。蔡澜的本家蔡邕老先生在《笔论》中提出的书道,拿来作做人的道理,也无不可。

在对待女性的态度上,蔡澜绝对是大男人主义者。

此言一出,蔡澜的所有女性朋友,可能会哗然:"怎么会,他对女性那么好,那么有情有义,是典型的最佳男性朋友,怎么会是大男人主义者?"

是的,所有他的女性朋友对他的赞语,都是对的,都是事实,也正因为如此,才说他是大男人主义者。

唯大男人主义者,才会真正对女性好,把女性视作受保护的弱小对象,放开怀抱,任情尽心地爱之惜之,呵之护之,尽男性之天职,这才是真正的大男人。

(小男人、贱男人对女性的种种劣行,与大男人相反,不想污了笔墨,所以不提了。)

女性朋友对蔡澜的感觉,据所见,都极良好,不困于性别的差异,从广义的观点来看一个"情"字,那是另一种境界的情,是一种浅浅淡淡的情,若有若无的情,隐隐约约的情,丝丝缕缕的情……

若大喝一声问:究竟是什么啊?

对不起,具体还真的说不上来。只好说:不为目的,也没有目的,只是因了天性如此,觉得应该如此,就如此了。

说了等于没有说?当然不是,说了,听的人一时不明,不要紧,随着阅历增长,总会有明白的一天,就算终究不明,又打什么紧?

好像扯远了,其实,是想用拙笔尽可能写出蔡澜对女性的情怀而已。不过看来好像并不成功?

回首亭中人,平林漪如画

试想看云林先生的画:天高云淡,飞瀑流泉,枯树危石,如斗茅亭,有君子兮,负手远望,发思古之幽情,念天地之悠悠。时而仰天大笑,笑天下可笑之事,时而低头沉思,思人间宜思之情。虽茕茕孑立,我行我素,然相交通天下,知己数不尽。

若问君子是谁,答曰:蔡澜先生也。

回顾和他相知逾四十年,自他处学到的极多。"凡事都要试,不试,绝无成功可能,试了,成功和失败,一半一半机会。"这是他一再强调的。只怪生性不和,没学会。

"既上了船,就做船上的事吧。"有一次跟人上了"贼船",我极不耐烦,大肆唠叨时他教的,学会了,知道了"不开心不能改变不开心的事,不如开心"的道理,所以一直开开心心,受益匪浅。

他以"真"为生命真谛,行文如此,做人如此。所以他看世人,不论青眼白眼,都出自真,都不计较利害得失,只求心中真喜欢。

世人看他,不论青眼白眼,他也浑不计较,只是我行我素:"岂能尽如他意,但求无愧我心。"

这样的做人态度,这样的人,赢得了社会上各色人等对他的尊重敬佩,是必然的结果。有一次,我在前,他在后,走进人丛,只见人群纷纷扬手笑脸招呼,一时之间以为自己大受欢迎,飘飘然焉,及至发现众人目光焦点有异,才知道是在和身后人打招呼,当场大乐:这是典型的"狐假虎威"。哈哈。

即使只是素描,也描之不尽,这里可以写一笔,那里可以补两笔,怎么也难齐全。这样的一个人,哼哼,来自哪一个星球?在地球上多久了?看来,是从魏晋开始的吧?

倪匡

附录

人生真好玩儿

我的名字叫蔡澜,为什么叫蔡澜呢?因为我是在南洋出生的,我爸爸说:"你就叫蔡南吧,南方的南。"但是我有一个长辈,名字里也有个"南"字,所以说不好、忌讳,就改成这个波澜的"澜"字。古语也有云:"七十而不逾矩"。"不逾矩"就是不必遵守规矩,一下子就活了。

人生真的不错,真的好玩啊。有两种想法,你如果认为很好玩就好玩,你认为不好玩就不好玩。就像你出门,满天乌鸦嘎嘎嘎地叫,这个很倒霉。但是你想,乌鸦是动物中唯一会把食物含着给爸爸妈妈吃的,这种动物很少,包括人类会这样做的也少了。所以说在这么短短的几十年里面,把人生看成好的,不要看成坏的,不要太灰暗。我最喜欢跟年轻人聊天,因为自己心态还算年轻,我可以跟他们沟通。但我发现很多年轻人还是跟我有一点代沟,就是我比他们更年轻一点。尽量地学习、尽量地经历、尽量地旅游、尽量地吃好东西,人生就比较美好一点,就这么简单。

我喜欢看书，我喜欢看很多很多的书，什么书我都看，小的时候就看《希腊神话》，喜欢看这些玄幻的东西。我也喜欢旅行，一旅行，看人家怎么过活，眼界就开阔了。我在西班牙的时候去看外景，有一个老头在钓鱼，西班牙那个岛叫伊比萨岛，退休的嬉皮士都喜欢在那边住。这个老嬉皮士在那边钓鱼，我一看前面那些鱼很小，我一转过头来，那边的鱼大得不得了。我说："老头，那边鱼大，为什么在这边钓？"他看着我说："先生，我钓的是早餐。"没错，一句话把你的人生的贪婪，什么都唤醒了。

在旅行中，你可以学到很多很多的人生哲理。另外的一次，在印度山上，当地有个老太太整天煮鸡给我吃，我说："我不要吃鸡了，我要吃鱼呀！"那位老太太说："什么是鱼？"她在山上都没看过。我就拿了纸画了一条鱼给她，说："你没有吃过真可惜呀。"老太太望着我说："先生，没有吃过的东西有什么可惜呢？"都是人生哲理。

我出道很早，我差不多十九岁就开始做电影相关的工作了。那时候跟一些老前辈一坐下来，一桌子围坐十二个人，我最年轻。但是我坐下来的时候，我已经在想有一天我会是在座中最老的呢。果然，这个好像一秒钟以前的事。我昨天晚上跟人家去吃饭，我一坐下来已经是最老的了。所以不要以为时间很长，就是这么一刹那就没了。

提到墨西哥，我在墨西哥也住过一年，去到墨西哥的时候，我看有人家卖爆竹烟花，我想去买来放。我的朋友说："蔡先生，不行，不行啊，死了人才放的呀！"为什么死人要放烟花爆竹？其实他们那边的人生活很辛苦，这里的人很短命，跟死亡接触得很多。那么一接触得很多的时候，为什么不把死亡这件事情变成一种欢乐的事情呢？那为什么一定要人活着的时候才庆祝，人死了也是可以庆祝的嘛。

我认为年轻人要做什么都可以，只要有心的话，总有一天会做到，这个就是年轻的好处。在玩乐中体验人生，在平常的烟火气中感受生活的美好。我到一个餐厅去，我吃了很好吃，我就写文章来推荐给大家。因为做生意的确不容易，我不会随便骂人。至少呢，我写的那些文章人家拿去，彩色打印放大了以后贴在餐厅外面。你到香港去看好了，餐厅外面通通是，总之做什么事情都要很用心去做，样样东西都学。有一本书教大家怎么做酱油的，我也买回来看。像我，我也练书法、刻图章，样样东西学完了以后，就是专家了。所以，人的本事越多越不怕。

我有一天坐晚上的飞机，深夜的飞机多数会遇到气流，这次也很厉害，就一直颠一直颠。颠就让它颠吧，而我就一直在喝酒。旁边坐了一个澳洲大佬，一直在那抓，一直怕，一直抓，一直怕。好，飞机稳定下来以后，他看着我，非常之满意地看着我。他说："喂，老兄你死过吗？""我活过。"

年轻人，总要有点理想，总要有点抱负，总要有点想做的事情，那么要做就尽量去做吧！

（编者注：据《开讲啦》演讲稿整理）

我们都是对生活好奇的人

我的方向就是把快乐带给大家

很多人会很羡慕我的人生,但是,不用羡慕,实行去,谁都可以的。

我在北京常吃的就是那几家饭店,吃羊肉,因为到了北京不吃羊肉不行嘛。北京就羊肉做得最好。

有个地方是一个朋友介绍的。我们到每个地方去,都有一些当地喜欢吃东西的朋友,而且你看过他们写的文章或者发表过的微博你就会认识。认识这个人,那么就到那边去找这个人。信得过了,那么他就介绍这里的好吃的或那里的好吃的。

好吃的东西我当然喜欢吃,但不好吃的东西,我也可以学着去吃它。好不好吃,你没有吃过,你没有权利批评。但试过了以后知道不好吃就不吃。

去国外的话,如果遇见什么都不好吃的情况,那么宁可饿肚子。比如，有一次我在伦敦街头，肚子很饿了，走来走去都是这个M字头的店。我死都不肯进去，多饿我都不肯。

后来碰到一个土耳其人在卖那个一块一块小肉，用刀切。我就终于有东西可吃了。

吃饭是有尊严的，宁肯饿着，不好吃我就不吃。

我从来不会把"吃"当成半个工作。

我有一个写了几十年的专栏叫作《未能食素》。有一天我说，哎，旅行的时候也要我发稿？别的文章可以一边旅行一边写，只有这一篇东西不能够，因为你离开了很久，你没有吃过那个餐厅，你不能乱写。

我这一生到现在为止，并没有做到很任性地生活。倪匡先生也讲过，不能够想做就做，可以不想做尽量不做。想做就做，天下大乱了。

我想做的事就是我的方向，我的方向就是把欢乐带给大家，一方面又可以赚钱，尽量不要做亏本的事情，我现在这个年纪还做亏本的事很丢脸的。

我最得意的发明是和镛记老板甘建成先生一起还原了金庸小说《射雕英雄传》里的"二十四桥明月夜"这道菜。

这道菜的来源是：黄蓉要求洪七公教武功，洪七公说你煮一个菜给我吃。黄蓉说，吃什么？洪七公说，吃豆腐。怎么做呢？要把那个豆腐塞在火腿里面，那么这个怎么做呢？书上没有写明。因为这里（镛记）有个金庸宴，我就跟这里的老板甘先生一块去研究，研究完了我们就把一个火腿切了三分之一，然后用电钻钻了二十四个洞，再把豆腐放在里面，用盖盖起来拿去蒸。因为火腿的味道都已经进入到豆腐里，所以，这道菜只吃豆腐，火腿弃之。

金庸吃了之后，表示很喜欢。

除了金庸小说里的菜式，也试着还原过其他作品里的菜，比如《红楼梦》以及张爱玲的一些小说中提到的菜，但是，最后弄出来的菜，其实都不好吃。

我喜欢的是欣赏

我做监制就是邵逸夫先生教的，他说你要是喜欢电影的话，你就要多接触电影这个行业一点，你如果单单是做导演的话，那么这部戏你拍完了以后就剪辑，时间紧，牵涉到的范围比较窄小；你如果做监制的话，任何一个部门你都要知道，做监制有一个好处就是说你懂的事情多了以后，你就可以变成种种的部门。你都变成一个专家以后，你的生存机会就会越来越多，可以去打灯，可以去做小工，总之你的求生的技能越来越多，你的自信心就强起来了，都是这样。

邵逸夫先生之所以给我这么多机会，一方面因为跟我的父亲是世交，另一方面还因为他觉得从这个年轻人身上能看到当年的自己，觉得我是适合做这一行的。他是喜欢我的，所以他才会把所有的事情都讲给我听。

但并不是因为邵先生的关系，我一上来就要管很多人、很多事，我也是要像新人一样从头开始，去学习，学习了之后才可以去做。

我参与的第一部电影是从拍外景开始，像张彻先生来拍《金燕子》，我不是整部戏参与，只是参与外景部分罢了。从那里学起，一直学，跟这些工作人员打好关系以后，我就开始自己拍戏。我跟邵先生讲，你们在香港拍一部戏要一百万，七八十万，我这里二三十万就给你搞定了，你们拍戏在香港拍要五六十天，我这里十几天就给你搞定了。那时候是越快生产越好，因为工厂式的作业，所以他也就听得进去。他说那你就拿这笔钱去，你就去拍，那么我就开始在日本拍香港戏，请了几个明星过来，其他工作人员都是日本人，拍完了以后就把片子寄回去，就在香港上映。所以在东京拍香港片子就算是外景，也不能够拍日本外景，都要拍得很像香港，模仿香港，所以看到富士山也把它剪掉了，不拍的。

那时候我二十多岁，但我必须要掌控全局，没别的办法，就学，学习的过程从犯了很多错误开始，但犯错误不是坏事情。

我对所有的工作人员都要求很高，所以我曾经一度把所有的工作人员都炒了鱿鱼，只剩下我一个，重新开始组织。就是因为拍一部片子的时候，他们太慢。

没人了也没关系，再去组织就是了。

但这件事给我的一个经验就是，我要炒人的话，从炒一两个开始，不要通通炒掉。

我对人对己都要求很严，尤其是对自己，严格要从自己开始。

合作的那么多导演，都是一些很以自我为中心的"怪物"。没有一个我喜欢的，我都很讨厌他们。

如果让他们来评价我的话，他们会说中午那顿吃得很好。

那是香港电影最好的时候，因为忙碌，不断地有戏拍。因为每部戏都卖钱。

但是也会困惑。因为没有自己喜欢的题材、喜欢的片子，像我跟邵逸夫先生讲，我说邵氏公司一年生产四十部戏，我们拍四十部戏但是其中一部不卖钱，但为了艺术、为了理想这多好。这是可以的，你们四十部中间一部你可以赌得过的。

他说我拍四十部电影都赚钱，为什么我要拍三十九部赚钱，一部不赚钱？我为什么不拍通通赚钱的？那么我也讲不过他，结果就是没有什么自我了。那时候我的工作就是一直付出，一直付出，一直把工作完成，没有说自己想拍些什么戏，就可以拍，所以如果谈起电影的话，我真的是很对不起电影的。我对我这段电影的生涯，不会感到非常骄傲，我反而会欣赏电影，我欣赏的能力还不错。我做监制的时候就是为工作而工作，人家常常批评我，他们说你这个人，你到底对艺术有没有良心？我说我对艺术没有良心。"你是一个没有良心的人"。我说我有，我对出钱给我拍戏的老板有良心，因为他们要求的这些，我就交货给他们，我有良心的，我不能够说为了自己的理想而辜负人家，拿了这么大一笔钱，让我来玩，我玩不起。

我只是赶上电影最容易卖的时候。但是作为一个有抱负的电影人，其实那是挺痛苦的。

但是我没有后悔过。因为每个人都有自己的时代。

我那时候的心态就是把电影当成一个很大的玩具，因为你现在没有得玩，现在拍电影，好像大家都愁眉苦脸，痛苦得要死。我很会玩啦，我会去找最好的地方拍外景，当年最好的酒，当年最好的一桌子菜，我都把它重现起来，女人我会重现，让她们穿最漂亮的旗袍，这些我会很考据的，把这部戏拍起来，在拍的中间，我很会玩，我已经达到我的目的了。

我们都是被这个时代推着的，你不给我别的机会，那我就从中找到别的乐趣。

我经历过这种失意的年代，那时候我就开始学书法。三十几岁吧，有一段时间很不愉快，不愉快，我就学东西了。

我学书法很认真地去学，书法、篆刻、刻图章，现在我还可以拿得出手，替人家写写招牌。

内心是会郁闷的。当然郁闷时间很短了，后来我才发现我在书上也写过，干了四十年电影，原来我不喜欢干电影这行。

因为我喜欢的是欣赏，看，我不喜欢参与到电影中，但是我会把自己变成一些大的玩具，就好玩，对自己的人生也有帮助，现在我欣赏电影就好了，不要再去搞制作，制作很让人头痛。

我做不了像邵逸夫那样的电影大亨。我没有那种决心，很多很绝情的事情我做不了，很多决定我做不了。

比如你要很绝情地说，每一部戏都要赚钱，这个很绝情吧，我就不可以了，我说有钱就完了吗？

我不较劲，这个事情我做不好的话我离开一段时间，我试一个别的事情。

这点就是很多很多经验积累下来以后，让我离开，让我决定再也不回来。

我不遗憾，我知道遗憾了也没有用。我也不是一个有野心的人。我只是对工作要求高，我不怕得罪人，我看到不喜欢的我就开口大骂了。

在电影圈里面要找一两个性情中人不容易，大多数都是很有目的地去完成一件事情的人。做导演的多数都是想着"我自己成名就好了，你们这些人死光了也不关我事"的人，这种人我不喜欢。

我最欣赏的人都不是电影圈的，像黄霑、倪匡、金庸、古龙。这几个人是我最好的朋友。共同点都是文人，都是对生活好奇的人，都是性情中人。

（编者注：据《鲁豫有约》整理）

人生的意义无非就是吃吃喝喝

我来香港五十多年了，选来选去，还是这个地方比较好，因为有生活，有人的味道，像人。

这家菜场我常常来逛，它没有招牌，我就替它写一个招牌。菜，新鲜的菜，会跟你笑，下次你来，买我买我。从小开始到现在，我最喜欢的就是逛菜市场了。

我最想做的是拉丁族人，我认为活得最快乐的是拉丁民族。我以前很忧郁的，不是开朗的人，后来一旅行了我才知道，原来人可以这么活着。

我十几岁就开始旅行了，去日本之前，我到过马来西亚，到过很多地方了。去日本的时候我又顺便去了韩国。后来又因为拍戏的关系，什么地方都去了。

那时候，和好几个好朋友，一面吃一面聊天，聊到天亮。那些所谓的忧伤，都很明白，我们都经历过。

说到读书，我看书喜欢所谓的"作者论"，就是把同一个作者的所有的书都看完，我认为这才叫作看书。著作很多的，就很难。我的书也不少，但很容易看，很正统又不是正统，所谓文学又不是文学，所以那些什么艺术界、文学界一定是把我摒出去的。我说，那就归纳成"洗手间文学"好了，一次看完一篇，如果那天你吃的是四川火锅的话，一次就看两篇吧。我是一个把快乐带给别人的人。看我的书，希望你轻松一点，快乐一点，就这么简单。

电影工作，一干四十多年，做电影不是容易事。有多少个人"死"在你脚下，有多少老板亏本，有多少人在支持你，你才会成为"王家卫"？我开始明白一个道理，你如果有太强烈的个人主义的话，不要拍电影，因为电影不可能是一个人可以做的，它是一个全体创作，大家都有功劳。所以我开始写作，写作可以是我自己的。

我做人不断地学习。我在墨西哥拍戏的时候，看到炮仗、烟花要买来放，有人说，蔡先生，不可以，这个是有人去世才放的。我说，"你们死人这么欢乐？"是很欢乐，因为我们这里的人很短命，我们医学不发达，我们还有一个死亡节。

所以他们了解死亡，他们接触死亡，他们拥抱死亡。

我开始想，关于死亡为什么要哭得这么厉害？为什么这样？我说学习怎么活很重要，但学习怎么死，特别重要。我们中国人从来不去谈。"老是不面对，整个人就不成熟"。人都有一死，何不快活一世，笑看往生？

我们常常看别人，却很少看自己，自己的思想是怎么样，就往那一边去走。这其实是可以改变的。不要把那个包袱弄得太重，没有必要。一个人可以改变世界的话，我就去洒热血、断头颅，我可以去。但有时候，我没有这个力量，改变不了，所以我就开始"逃避"，吃吃喝喝也是一种逃避嘛。

吃是本能。我们常常忘记本能。

我是一个把快乐带给别人的人。吃得好的话自己高兴，对别人也好。再简单不过的道理。而且健康有两种，一种是精神上的健康，一种是肉体上的健康嘛。

许知远独白：这个世界充满不确定性，高度功利主义，什么都有目的，所以他做一个自由快活、享受人生的人，他知道这个时代所有的问题，他理解，但他选择不去直接地触碰它。在这个时代做一个快活的人，风流快活的体面人，那也是最好的反抗，体面的背后事实上有原则，我觉得这就是对中国社会的一个好处，特别大的好处。

（编者注：据《十三邀》整理）